KB016032

박 클레어

생애 첫 꿈은 '척척박사'였다. 말하기 애매
해서 누가 물어보면 선생님…이라고 말끝을
흐렸다. 척척박사는커녕 석사도 수료에
머무르고 말았다. 불어불문학을 전공하였고
약간의 번역일과 학원 강사를 해본 경력이
있다. 단막극을 써서 단 한 번 무대에 올린
적이 있으나 하필 결혼식 날과 겹쳐 끝끝내
보지 못했다.
어릴 때부터 동화책과 더불어 요리책을
즐겨 보았다. 결혼 이후 프랑스와 홍콩에서
한동안 거주한 적이 있다. 전업주부로 살며
평상시에는 생존 요리를 하다가 손님 초대
같은 특별한 이벤트가 있을 때 잠시 요리
열정을 환하게 불사른다. 친구들의 권유로
시작한 요리 계정 @tulliskitchen에 글과
사진들을 짬짬이 올리고 있다.

부엌에서 궁리하기

부엌에서 궁리하기

글·사진©박 클레어, 2024

1판 1쇄 펴냄 2024년 5월 20일
1판 2쇄 펴냄 2024년 11월 11일
디자인 강초록
제작 세걸음

펴낸이 박진희
펴낸곳 ㈜파롤앤
출판등록 2020년 9월 10일 (제2020-000195호)
주소 서울시 서초구 서초대로 396, 217호
이메일 parolen307@parolen.co.kr

ISBN 979-11-986524-1-6 03810

부엌에서 궁리하기

박 클레어 요리 에세이

파롤앤

들어가는 글

오래된 친구들을 뒤늦은 집들이에 초대한 것이 발단이었다. 그들이 무심히 던진, SNS 해보라는 한마디를 진심으로 알아들은 것이 잘못이었다. 이왕이면 글도 써보라는 또 다른 친구의 격려에 힘입어 제 발로 글쓰기 지옥으로 걸어 들어간 것이 이 책의 구슬픈 탄생 비화다.

책 출간을 염두에 두면서부터는 모든 날이 아름답기는커녕 고군분투로 힘겨웠다. 매우 강력하고도 지속적인 백지의 공포에 시달려야 했다. 나만의 경험을 바탕으로 도움이 될 만한 글을 써달라는 편집자의 당부 중 '도움이 될 만한'이라는 단서가 특별히 무겁게 다가왔다. 내게 그럴 만한 자격과 능력이 있을까? 어떤 자기 점검도 버텨 낼 나만의 떳떳한 구석을 찾느라 제 발 저리고 주눅이 들었다. 어떤 한 끼가 즐겁고 특별한 경험이 되도록 온 힘을 다한 적이 다수 있으며, 매일의 숙제, 혹은 노역 같기도 한 끼니 준비를 힐링, 집중, 창조의 순간으로 누린 적이 가끔은 있다는 것 정도가 생각났다.

맥락 없는 뜬금 조합도 가능한 자유로움이 우리 집 식탁에 있는 것은 참 다행이다. 오래전에 다른 문화권에서 살아본 경험 덕일 것이다. 신혼생활을 시작한 프랑스, 홍콩에서의 눈동냥, 귀동냥이 큰 자산이 되었으리라 믿는다. 소박한 가정 초대의 경험들도 조금씩 견문을 넓히고 무딘 실력을 벼리고자 노력하는 계기가 되었을 것이다.

꾸준히 전업주부로 살아오는 동안 가끔씩 반업 주부라도 되어 보려는 노력을 한 적이 있다. 어쩌다 보니 시작한 글공부는 열망만 남겼을 뿐 이렇다 할 결과는 내지 못하더니 엉뚱하게도 요리에 관한 책을 쓰는 쪽으로 물꼬를 내고 말았다. 멘토링을 즐겨하던 어떤 지인의 말대로 된 것인지도 모른다. 당장은 아무 일이 안 일어나도 좋아하는 일을 꾸준히 하고 있으면 언젠가는 좋은 기회가 올 것이라는. 강의실에서 문학 수업을 듣기는 했지만 진정 글에서 위로받고 공감하고 뭔가를 끄적이기 시작한 것은 내 삶이 꽤나 꼬질꼬질하다고 느꼈을 무렵이었다. 물로 가득 채워진 수조 속을 걷는 듯한 막막함을 경험하던 때가 있었다. 되돌아보면 단번에 수조가 깨지는 기적의 순간 같은 것은 없는 것 같다. 조금씩의 균열을 만드는 근면 성실한 바람과 애씀이 있을 뿐.

이 책은 재난과 관련이 있다. 코로나19라는 역대급 재난은 인생 최고치의 몸무게와 건강에 대한 고민을 선물했고 마침내 어느 날, 나는 온 힘을 다해 반격을 시작했다. 그저 덜 먹는 것이 아닌 건강하게 먹는 것에 관심을 두게 되었다. 이 책의 요리들에도 그런 고민의 흔적들이 반영되어 있을 것이다. 조금 덜 맛있을 수 있지만 다른 쪽으로 채워지는 무언가가 분명히 있다.

글과 사진들이 비슷한 비중을 가지고 있어 참 다행이다. 글이 부족하다 싶으면 "사진을 보셔야죠!" 권하고 "그러기에는 너무 아마추어인데요?" 하면 "글이 위주인 걸 모르셨어요?" 잡아뗄 생각이다. 하지만 끝끝내 부인할 수 없는 부족함에 "이제부터라도 1만 시간의 수련을 시작해야겠어!" 선언하고야 만다. 듣고 있던 딸아이가 말한다. "벌써 그 정도의 시간은 지나지 않았어요?" 1만 시간이 지나고도 남은 것은 반은 맞고 반은 틀리다. 가정에서 주부로 먹거리를 담당한 시간은 무척이나 길었지만 뭔가를 궁리해 보고 방향성을 가지고 노력한 시간은 그에 훨씬 못 미치는 것 같으니.

시상식에서 상을 받고는 누군가의 이름을 외치느라 마음이 분주한 이들을 이제야 이해한다. 고마운 분들이 참 많기 때문일 것이다. 내 뚱뚱한 그릇장에 지분을 많이 가지고 계신 두 분 어머니를 비롯한 가족분들, 부족한 글에 공감해 준 SNS 친구들, 꾸준히 격려해 주는 지인들, 누구보다 많은 실질적 도움을 준 조력자 Y, 파롤앤 박진희 대표님, 나를 놓지 않고 계시는 그분께 감사를 전한다. 앞으로 읽어 주실 독자분들께도 미리 공손한 절을 올리는 바이다.

우물 안 개구리로 충분했던 나에게는 낯선 이들과 이국의 언어로 소통해야 할 곤경이 닥치곤 했다. 늘 그렇듯 과묵하게 밥만 열심히 먹고 있던 어느 저녁, 돌아가며 영어로 자기소개를 하라는 청천벽력급 미션이 떨어졌다. 차례를 기다리는 동안, 맘속으로 문장을 연습하고 또 연습했다. 마침내 태연한 척 준비한 말을 마치자 좌중은 배를 잡고 웃어 주었다. "세상에 공짜 밥은 없다더니"로 운을 뗀 주인장 저격에 다들 공감했던 것일까? 어쨌든 외국인들까지 웃긴 쾌거였다.

이 책은 남몰래 식은땀 흘리며 준비한 농담 같은 결과물이다. 박장대소는 아니더라도 애는 썼네, 피식 웃어만 주셔도 바랄 게 없겠다. 그 사람, 먹성 좋은 것은 알았지만 요리도 좀 하는 건가? 이런 헛된 풍문에 휩싸이기를 한껏 고대하며 동시에 두려워하고 있다.

2024년 기다리던 봄
박 클레어 올림

11

Contents

셰프를 꿈꾸는 요리

유머가 있는 요리

Contents

스토리가 있는 요리

계절과 교감하는 요리

Contents

살 빼기 책임지는 요리

기능성 요리

Contents

해외여행 요리

유혹하는 요리

셰프를 꿈꾸는 요리

Aspiring Chef's Creations

연어로 만든 장미

A rose made of salmon

~~~~~~
1. 주황색 칸탈로프 멜론(다른 과일로 대체 가능)을 얇게 저며 접시에 담는다.

2. 훈제 연어(생햄으로 대체 가능) 돌돌 말아 중앙에 배치한다.

3. 접시의 가장자리에 라임을 둘러 담고 리코타 치즈, 그릭 요거트 등을 얹는다.

4. 딜(dill)과 같은 허브, 크러쉬드 레드페퍼 등을 취향껏 뿌려 맛과 멋을 돋운다.

셰프를 꿈꾸는 요리

모든 건 그때 시작되었다. 쉬는 시간에 친구들과 티슈 장미를 만들던 솜씨로 훈제연어를 꽃처럼 돌돌 말았던 그때.

오래전, 어른들을 모신 저녁 초대 자리였다. 유럽에서 신문물을 접하고 온 주부답게 각 접시에 훈제연어를 꽃처럼 말아 모아 놓고 그 주위를 저민 멜론으로 에워쌌다. 부족한 연어의 양을 커버할 수 있는 궁여지책이기도 했다. 준비에 시간은 좀 걸렸지만, 손님들은 뜻밖의 플레이팅을 신기해하시고 좋아해 주셨다. 그날의 초대는 꽤 성공적이었다.

요즘 누가 "요리 좀 열심히 하는 것 같던데요." 하면 나는 손보다 머리가 더 고달프다고 푸념을 한다. 진짜다. 수더분한 배우자 같은 일상의 음식도 애인의 여우짓을 보태면 나름 지루하지 않다. 반복적인 것들에 약간의 창의적인 노력이 들어가면 숨통이 트이고 재미를 느끼게 되는 것 같다. 플레이팅이 바로 우리가 할 여우짓이다. 궁리를 해야 가능한.

더운 여름에 주방에서 땀 흘리며 꼼지락거리다 보면 짜증이 치밀 때가 있다. 준비에 든 공에 비해 한 접시가 비워지는 시간은 극히 짧다. 굉장히 비효율적인 일인 것도 같다. 때로는 몇 날의 수고가 빛의 속도로 음식 쓰레기로 변한다. 요즘에는 깐깐한 기미 상궁으로 등극한 카메라 때문에 할 일이 더 늘어난 느낌이다. 식기 전에 빛의 속도로 찍어야 하니 초긴장 상태가 된다. 조명 탓, 좁은 식탁 탓을 하며 공포 분위기를 조성하기도 한다. 레스토랑의 셰프님들은 친절한 미소로 음식 설명도 해주고 때로는 배웅도 해주건만 무면허 셰프의 횡포가 하늘을 찌른다.

얼마 전 마트의 진열대를 지나는데 수많은 밀키트가 눈을 사로잡는 거다. 소문은 듣고 있었다. 얼마나 잘 팔리는지 얼마나 유용한지. 심지어 맛으로도 깔 수 없다는 것까지. 대량 주문한 국수에 줄줄이 딸려온 비빔 소스들을 대거 폐기 처분한 적이 있다. 달기만 하고 저렴한 맛일 거라 예단했다. 혹시 몰라 남겨 둔 소스 하나를 뒤늦게 맛보았는데… 아뿔싸, 내가 무슨 짓을 한 거지?

혹자는 부엌의 종말을 예언하기도 한다. 오우, 말도 안 돼! 하면서 슬며시 웃음이 나기도 한다. 동시에 세월의 파도에 내쳐진 이름 모를 장인처럼 서글프기도 하다. 원시적인 가내 수공업, 혹은 그도 아닌 단순 수작업을 계속할 이유가 있나 자괴감이 들기도 하고.

때로 외롭고 자주 귀찮은 '내 손으로 만들기'는 그런데도 남모르는 즐거움을 준다. 접시 위에 한 세계가 있고 그 세계를 완성하는 마지막 손이 나이기에. 온 세상이 협력했어도 최종 마무리는 각자의 손에 따라 달라진다.

오픈 키친 레스토랑에서 요리하는 손들이 정교한 핀셋을 이용해 작은 한련화 잎 얹는 것을 본 적이 있다. 접시 위에 아주 신중하게 얹는 것은 그들의 '진심'일지도 모른다. 가정의 보급형 셰프들도 크게 다르지 않다. 플레이팅엔 요리, 혹은 요리자의 영혼이 담겨 있다.

1. 가지를 얇게 썰어 오일, 소금, 후추를 뿌려 오븐(혹은 에어프라이어)에 굽거나 팬에 지진다.
2. 돌돌 말아 접시에 담고 피망 등의 채소를 생으로 혹은 익혀서 얹는다.

조각 빵이나 크래커 위에 과일 올리고 치즈나 요거트, 생크림 등을 얹어 차와 함께 낸다.

그 시절 우리가 사랑했던 요리책

The cookbook we loved back in the day

1. 불린 쌀에 카레 가루(혹시 있으면 사프란) 넣고 익히다가 새우,
오징어 등 해산물과 파프리카 등의 채소를 넣고 졸인다.
2. 크러쉬드 페퍼, 쪽파 등을 뿌려 마무리한다.

세프를 꿈꾸는 요리

어릴 때부터 요리책을 즐겨 보았다. 조기 자기주도 학습 덕에 멋진 셰프가 됐더라면 참 좋았을 텐데 그저 먹는 걸 즐기는 어른이 되었을 뿐이다. 어쩌면 어린 나에게 요리책은 동화책의 다른 버전이었을지도 모른다. 요리책에 나오는 음식들은 현실에서는 거의 볼 수 없었으니까.

세계 요리 백과? 정도의 제목이었다. 사진의 질이 썩 좋지는 않았지만, 신기한 외국 이름, 낯선 생김을 가진 음식들이 많았다. 우리 요리라 해도 잣을 올린 대하구이나 신선로, 구절판 같은 음식은 신선계의 음식처럼 보였다. 어른이 되어서야, 실물로 확인한 오렌지 같은 이국 과일과 다를 바가 없었다.

오랜만에 친정 나들이를 간 지인분이 엄마표 신기한 케이크들의 원천이었던 요리책을 발견하고 신이 나서 집으로 가져왔다고 한다. 그림도 사진도 없는, 영어로 된 낡고 재미없는 요리책이라니 그래서 마음껏 상상력과 역량을 발휘하셨을 수도 있다. 생각해 보면 나도 그림이나 사진이 없는 (한국어로 된) 요리책을 가진 적이 있었다. 가족에게 보내는 편지 형식으로 되어 있어서 재미있게 읽을 수 있었다. 지금 내가 차곡차곡 모으고 있는 가정요리 사진들도 어쩌면 비슷한 취지의 기록이 되기를 바라는 맘일 것이다. 급할 때, 아무 아이디어도 떠오르지 않을 때, 참고할 수 있는 자료. 식당에서 메뉴 고르기가 어려우면 옆 테이블을 슬쩍 보는 것처럼.

요즘에는 다양한 매체를 통해서 요리법을 전수받을 수 있다. 주변의 요리 달인들께 맛있는 것을 대접받고 레시피를 여쭤보면 "나도 블로그 보고 배웠어!"라고 쿨하게 말씀하실 때가 많다. '생활의 달인'들조차 한두 가지만 빼고 싹 다 가르쳐 준다. 선생님들은 도처에 넘쳐난다. 낡은 요리책을 다시 들여다볼 필요가 없을 정도이다.

하지만 낡은 만능 쿠커처럼, 음식 자국 묻은 오래된 요리책은 믿을 구석이 된다. 때로 진지한 독서도 가능하다. 대체로 사진이 많아서 작은 글씨에 진저리치지 않아도 된다. 외국 요리의 경우 틀린 철자나 요리 설명에서 부족한 부분을 발견하기도 하지만 그 시절 우리가 좋아했던 소녀(또는 소년)처럼 현재와 상관없이 그때는 충분히 멋졌고 설레게 만들었다.

요리책을 보고 그대로 다 따라 한 것 같은데도 실패하는 건 왜일까? 나의 경우 베이킹이 특히 그러한데 이유는 잘 모르겠다. 오븐의 온도 같은 것이 원인일 듯하지만, 오프라인 요리 선생님들도 그때그때 다르다고 어려워하신다. 그래도 요리책 안에는 늘 완벽한 요리가 준비되어 있다. 결과물이 엉터리인 건 다분히 내 잘못이다.

우리 집에는 사전처럼 두껍고 글씨는 깨알 같은 프랑스 요리책이 있다. 당연히 삽화조차 없다. 'Je sais cuisiner'라는 제목으로,

직역하면 '나는 요리할 줄 안다'이다. 무슨 장엄한 선언 같기도 담담한 진술 같기도 하다. 궁디팡팡 같은 마법의 주문일 수도 있고.

이 책이 왜 우리 집에 와 있는지는 모르겠지만 누군가는 아직 독서를 마치지 않은 것 같다.

〰〰〰
1. 플래터 위에 샤퀴테리, 채소, 치즈 등을 풍성하게 담아낸다.
2. 파스타, 수프, 빵, 와인 등을 곁들여 낸다.

새 식탁보 effect!

New tablecloth effect

셰프를 꿈꾸는 요리

집에 머무는 시간이 많아진 팬데믹 동안 인테리어 쪽은 호황을 이루었다고 한다. 풍경이라도 바뀌어야 견딜 수 있었을 것이다. 이러한 흐름에 부응하는 차원에서 나도 새 식탁보를 마련했다. 접힌 면만 보고 구매했는데 펼쳐 보니 꽤나 화사하다.

오래전 프랑스, 신혼 첫 식탁을, 그리 멀지도 않은 이탈리아에서 배송받기까지 몇 달을 기다려야 했다. 이런 느린 속도에 익숙한 어느 외국인이 한국에서 가구 배송에 1주일 정도 걸린다는 얘기에 그만 눈이 동그래지자 당황한 업체 측이 박차를 가하여 며칠 만에 배송을 마쳤다는 일화도 있다.

확장형 이탈리아 나무 식탁은 국물이 많은 한국 요리를 힘겨워했다. 몇 번의 이사 끝에 철제 프레임은 점점 헐거워졌고, 그걸 가리기 위해서도 식탁보는 필수가 되었다. 방수가 되는 것들도 시간이 지나면 얼룩이 남아 자주 새것으로 바꾸어야 했다. 그러던 어느 날 와지끈 부서져 버려, 첫 밥상이라 처분을 망설였던 체리나무 식탁은 영원히 우리 집을 떠나게 되었다. 식탁보들도 서랍 속 깊숙이 정리되었다. 손님 초대용으로 사용했던 면 식탁보에는 희미한 포도주 자국들이 추억처럼 남아 있다. 포도주를 쏟으면 고운 소금 가루를 급히 뿌리곤 했는데 무슨 화학작용에 근거한 것인지는 아직도 모른다.

요즘 내 요리 사진들을 위해 가끔씩 소환되는 옛 식탁보들은 길이가 늘어난 새 식탁에 맞지 않는다. 그래서 당당히 새 식탁보를 마련했다. 식탁보만 새것이면 무엇하리, 결혼 이후 바꾼 적 없는 커트러리도 이참에 물갈이했다. 새것이 들어오면 옛것은 처분하는 것이 맞지만 또 혹시 몰라 잘 보관해 둔다. 우리 집은 주방 쪽이 유난히 비대해진다.

산뜻한 식탁보에 어울리는 상큼한 새조개 샐러드를 만들어 보았다. 살짝만 익혀야 하는데 안전을 생각하다 보니 조금 단단해졌다. 또한 하필 우리 집 최고령자가 조개 속 돌을 씹고 말았다. 손질된 것이라는 말만 믿은 탓이다. 오래전 신혼집 집들이에서 시아버님이 돌을 씹으신 이래 전통이 끊긴 것이 아니었나 보다, VIP가 돌을 씹고야 만다는 매우 무시무시한 전통.

조금은 다르지만 프랑스에는 1월쯤에 갈레트 데 루아라고 하여 달콤한 아몬드 퓌레를 넣은 바삭한 파이를 친구나 가족들이 둘러앉아 나눠 먹는 전통이 있다. 야금야금 먹어 가다가 도자기 성분의 작은 조각인 페브(fève, 아몬드로 대체하기도)가 나오면 그 사람이 왕이 되어 왕관을 쓰고 주위를 호령한다. 새해에 금빛 종이 왕관이라도 써보면 기분은 좋을 것 같다. 크리스마스엔 슈톨렌을 산더미처럼 쌓아 놓고 파는 빵집에 갈레트가 있어서 반가운 마음에 물어보니 속에 페브는 넣지 않는다고 한다. 안전사고를 방지하기 위해서라고. 올랄라 이럴 수가!

새 테이블보 덕에 기분까지 화사해진 것은 좋지만 물방울 하나만 튀어도 신경이 쓰이고 자꾸만 닦게 된다. 할 수 없어 고이 접어 서랍에 넣는다. 그럼 이제 어쩐다? 새해 새 기분, 화사함 따위 벌써 포기? 그럴 리가. 이럴 걸 대비해서 새 식탁 매트도 사 놓았지. 예쁜 종이 냅킨도 몇 종류 사서 보관함을 열어 보니 이미 꽉 차 있다. 들어갈 자리가 없어 살포시 위에 올려 둔다. 눈에 잘 보이니 새로 살 일은 없을 거다. 그래야만 한다.

1. 초록 잎채소, 적양배추 등을 접시에 깔고 오일, 식초에 버무린 새조개를 올려 준다. 미니 파프리카 같은 알록달록한 채소, 올리브 등을 고명처럼 얹는다.
2. 조각 스테이크를 솜씨 있게 담아내어 육식인들을 배려한다.

우물 파기 대작전

Operation digging a well.

～～～～
1. 초록 잎채소를 접시에 깔고 익힌 비트를 잘라 오일, 식초에 버무린 것을 양껏 올린다.

2. 견과류나 치즈, 코코넛 조각, 올리브 등을 얹어 든든한 샐러드가 되도록 한다.

셰프를 꿈꾸는 요리

한 우물을 (깊게) 파야 한다는 말이 있다. 전문성을 얻기에도, 새로운 도전이나 변화가 주는 불안을 방지하기에도 좋은 방법이다. 하지만 요즘은 혹시 몰라 '얕게 여러 군데 파 놓는 게' 낫다는 주장도 있다. 왠지 고개가 끄덕여진다.

프랑스의 기라성 같은 미슐랭 가이드 식당 중, 특히나 명성이 견고한 아르페쥬(Arpège)라는 곳이 있다. 예술적 채소요리가 특기라고 들었는데 알고 보니 처음부터 그런 것은 아니었다. 셰프 알랭 파사르(Alain Passard)는 각종 육류 요리에 능해, 별을 3개나 받았다고 한다. 잘 나가던 그는 돌연히 개심하여서 하던 것들을 때려치운다. 채소의 매력에 빠져들어 주력 요리로 내세웠다. 처음에는 혹평 일색에 욕만 얻어먹고 손님도 줄어들어 별을 잃을 줄 알았으나 지금까지 잘만 지켜 내고 있다고 한다. 오히려 이후의 요리계에 깊은 영향을 미쳤다고.

서양에서 채소의 재발견이 대단한 것이라고 한다면 우리가 한 수 위일 수도 있다. 사찰음식이라는 깊고도 넓은 세계가 있으니. 유명한 전문점에서 식사한 적이 있는데 정말 정성스럽고 맛도 좋았다, 걱정했던 헛헛함 따위 느껴볼 새도 없이. 튀긴 것이 많아서 그런가 싶기도 했다. 워낙 양이 많기도 했고 다양함과 볼거리에 압도되는 것도 있었다. 어떤 이는 우리의 사찰음식이 진정 그렇게나 화려했던 건지 의문을 제기하기도 한다. 요즘 우리에게 소개되는 사찰음식에는 분명 한 두 겹 정도의 새로움은 입혀졌을 것이다. 어디나 튀는 요리사들은 존재하니 산중, 혹은 민가나 도심 어딘가에서 남다른 음식을 꿈꾸고 시도하는 멋쟁이가 있을 것 같다. 기본 정신은 지키면서도 다른 것들도 포용하면 더 많은 이들이 즐기게 될 것이다.

애써 찾아보니 알랭 셰프님과 나에게는 공통점이 있다. 뒤늦게 채소의 매력에 빠져들었다는 것. 사실 나는 시각적인 아름다움에 이끌린 것이 크다. 분명 그도 처음에는 그랬을 거란 생각이 든다. 알랭 파사르는 전용 농장을 가지고 있다고 한다, 요즘 어떤 셰프들도 그러하듯. 그러고 보면 자기 텃밭에서 쏙쏙 무나 파, 당근을 뽑아 요리하는 이들은 다 알랭 파사르다. 나도 한때, 놀러 온 친구에게 집 마당에서 상추를 뽑아 샐러드를 해준 적이 있다. 친구 기억으로는 내가 꽤나 채소 부심을 보였다는데 그런 부심, 가능만 하다면 얄밉게 더, 더 부리고 싶다.

한 우물을 잘 판 자가 다른 우물도 잘 판다는 사실을 알랭 셰프가 여실히 보여 주었다. 얕은 것 여러 개 파서 살아남고자 획책하는 평범한 이들에게는 혈압만 올리는 모범 사례다. 그는 잘라 말한다, 주방에서 하루 10시간이라도 일하라고. 난 직업 요리사가 아냐, 집안일도 해야 하는 올라운더라고! 항변해 봤자 집안일도 10시간까지는 안 하는 것 같다.

이성을 찾자. 비교 대상을 너무 높이 잡았다. 그래도 내 비트

샐러드는 작은 보람이나마 챙겨 준다. 고마워 이쁜 채소들, 앞으로도 쭉 묻어갈게.

1. 물기를 짜낸 두부를 팬에 넣고 피망 등의 채소를 섞어 양념해 익힌다.
2. 생다시마를 펼쳐 두부를 얹고 돌돌 말아 먹기 좋게 자른다.
3. 간장, 들기름 등을 섞은 양념장을 곁들인다.

비움의 미학

The aesthetics of emptiness

～～～～～
1. 시판 메밀가루에 물을 넣어 묽게 농도를 맞춘 후 팬에 넓게 편다.
2. 알 배추, 실파, 고추 등을 그 위에 배치하고 잘 지져 낸다.

셰프를 꿈꾸는 요리

지인이 내가 요리를 너무 꽉꽉 채워 담는다고 말한다. 억울하다. 이건 가족이 먹는 찐 가정요리거든요! 그러니 많이 담을밖에요. 집에 커다란 접시가 많은 것도 아니고, 구시렁구시렁…

　　곰곰이 생각해 보니 온당한 지적이다. 나는 너무 많이 담는다, 양도 마음도 꾹꾹 눌러서. 어떤 실력자분이 요리에서는 빼는것이 관건이라고 하셔서 완전 공감했었는데, 자꾸만 더 담고 있다. 정성을 들이는 것과 과도한 힘을 주는 것, 한끝 혹은 그 이상의 차이를 구분하며 선을 넘지 않기란, 참 힘들다.

　　어떤 요리에도 재료를 풍부히 넣어야 안심이 된다. 참깨, 들깨를 갈아 넣고 핑크 페퍼도 넣고 파프리카 가루도 넣는 식이다. 어느 때의 파에야는 쌀만 많고 부재료는 빈약한 것 같아 다음번엔 해물찜 수준으로 만든다. 그러고는 우연히 어떤 셰프의 파에야 사진을 보고 뿅망치를 맞은 듯 머리가 띵해진다. 윤기 촉촉라이스 캔버스 위에 랑구스틴(가시발새우, 디즈니 애니메이션〈인어공주〉에서 집게발을 떨던 그 갑각류라 짐작되는)이 무심히 몇 점 얹혀 있을 뿐인 심플한 파에야. 한 폭의 동양화! 여백의 미가 이런 것이구나. 빈 것이 가득 차 보이고 잔뜩 채운 것이 빈곤해 보인다. 저건 탄수화물 중독 따위 걱정 없는 말라깽이들 한정 레시피야! 외쳐 보아도 한 방 크게 먹은 느낌은 지울 수없다.

실은 파에야의 쌀은 광활한 팬에 서리가 살짝 내린 수준으로 얇게 입혀진다. 몇 군데 가본 스페인 식당에서 공통으로 경험한 일이다. 아무리 긁어모아도 채 한 주걱이 안 될 것 같다. 그러니 탄수화물 중독자들도 심히 걱정할 필요는 없다. 얇고 예쁘게 쌀을 바르는 기술만 연마하면 될 일이다.

모든 욕심을 비우고 셰프길이나 걷자, 결심해 본다. 이것도 넣고, 저것도 넣어 보다가 이 맛도 저 맛도 놓친 적이 어디 한두 번인가. 영양을 가정식의 최우선적 가치로 고집하는 것은 또 하나의 소중한 지향점을 놓치는 것이 될지도 모른다. 건강하면서도 예쁘게, 맛있게, 폼 나게. 이왕 갈 거면 어려운 길을 가자!

파인 다이닝의 특징은 커다란 접시, 손톱만 한 음식이라고 누군가는 비꼬듯 말한다. 일리 있는 지적이다. 하지만 접시도 즐기고 음식에도 주목할 수 있는 묘책이기도 하다. 넓은 전시장에 작품 하나만 오롯이 놓여 있을 때 우리는 심쿵을 경험한다.

여백의 미를 추구하려는 나의 의지를 반영하는 한 접시는 무엇일까? 늘 흠모해 마지않는 메밀전에 도전해 본다. 넓고 얇은 피에 배추 한두 조각이 조각배처럼 띄워져 있는 메밀전은 참 매력적이다. 시판 메밀 부침가루를 써보니 생각보다 밀가루 함량이 많지만 부치기에는 편하다. 숙련된 여사님들의 솜씨야 절대 못 따라가겠지만 흉내는 내볼 수 있으니 다행이다. 크레프

(crêpe) 반죽으로도 딱일 것 같다. 다음번엔 크레프 버전으로 도전해야지, 속은 뭐로 채울까, 햄, 치즈, 꿀? 비움의 길을 걷겠다더니 또다시 채울 궁리에 빠져든 자신을 발견한다.

할 수 없다. 방법은 하나뿐. 아주 커다란 접시를 사서 여백을 만들자!

〰〰〰
1. 닭봉, 당근을 간장, 고춧가루 등을 섞은 양념장에 섞은 후 오븐(혹은 에어프라이어, 팬)에 넣어 익히다가 마늘종을 추가하여 조금 더 익힌다.

2. 소금, 혹은 간장, 맛술, 고춧가루 등에 재운 생선을 무와 함께 익힌다. 접시에 영양부추를 깔고 그 위에 익힌 생선을 먹음직스럽게 담는다. 실파 등을 얹어 준다.

봄날의 원무, 혹은 꼬리잡기 게임

Spring round dancing

1. 살짝 데친 봄동을 접시에 깔고, 칼집을 내 익힌 오징어를 통째로 올려 준다. 굵은 고춧가루를 뿌린다. 취향껏 자기만의 드레싱을 곁들여 준다.
2. 쿠스쿠스 알갱이를 물에 불려 오일과 소금으로 양념한 후 오븐용 접시에 펴 바른다.
3. 조각낸 로마네스크 브로콜리를 그 위에 배치하고, 빨간 파프리카 등과 함께 익혀 낸다.

셰프를 꿈꾸는 요리

짙은 초록의 데친 봄동 위에 오징어가 꼬리잡기 게임을 하고 있다. 앙리 마티스의 작품 <춤1, 2>가 떠오른다. 다섯 나신이 원무를 추는데, 색감이며 연결된 모양 때문에 그런 생각이 든 것 같다. 가족에게 맞지? 맞잖아! 동의를 구하니 마지못해 고개를 끄덕여 준다. 마티스님께 죄송해야 하려나? 원래 명작은 영감의 원천이니 많이 노여워하시진 않으리라.

옆 접시에는 로마네스크 브로콜리라는, (잘게 잘라 놓아 티는 덜 나지만) 좀 괴상하게 생긴 채소가, 아늑한 봄 동산 같기도 하고 화사한 바다 밑 정경 같기도 한 풍경을 만들고 있다. 요리도 그림이 될 수 있다. 먹을 수 있는 그림이라니 과자로 만든 집처럼 설레지 않는가? 미국 시카고의 유명 식당 알리니아(Alinea)의 그랜트 애커츠(Grant Achatz) 셰프는 요리가 접시 위에만 있을 필요가 없다며 식탁(보) 위에 디저트 재료를 쏟아 붓고 현대회화처럼 연출하기도 한다.

총알 오징어와 연두색 로마네스크 브로콜리는 상큼한 조합을 이룬다. 이 이름도 생김새도 특이한 채소는 아주 가끔 보았지만 손이 가지는 않았다. 뜯어볼수록 외계 출신 같은 묘한 생김새에 대한 거부감 때문이었다. 외국이나 내 나라나 늘 주저하게 되는 먹거리들이 있다. 안 먹어 본 것들, 요리법이 짐작되지 않는 낯선 생김새는 도전을 머뭇거리게 한다. 그래도 용기를 내어 먹어 보니 콜리플라워와 브로콜리가 섞인 맛이 맞다. 가볍게 살캉

살캉하게 씹히는 맛. 외모의 이질감을 넘어서는 인정할 만한 식감이다. 총알 오징어를 살 때는 잠깐씩 고민을 하기는 한다. 어린 오징어 싹쓸이 폐해에 관한 기사를 읽은 탓이다. 이왕 시장에 나와 있는 것은 어쩔 수 없지 않냐는 핑계로 늘 외면을 못 한다.

요즘 꽃샘추위가 한창인 걸 보니 봄이 멀지 않았나 보다. 새로 산 이태리타월이 쓱 훑고 지나는 것처럼 아직은 따가운 바람이지만 곧 터질 것은 터지고야 말 것이다, 작은 꽃망울 같은 것들.

그 어떤 계절보다 설레며 기다려지는 봄을 잘 표현하는 요리는 어떤 모습일까? 봄처럼 짧은 계절도 없어서 시간 내에 구현 가능할지 모르겠다. 이제는 이별을 고하는 중인 겨울에도 같은 소망을 품었으나 끝내 성공하지 못했다. 다음 첫눈이 올 때까지는 꼭 만들어 보고 싶다. '정식당'의 합천 겨울 장독대를 표현한 디저트나 '라망 시크레'의 서울을 상징하는 아기자기한 핑거푸드들이 지금도 기억난다. 오래전 가본 식당들이라 전체적인 인상으로만 남아 있지만 얼마나 고심 끝에 완성한 것들일지는 짐작할 수 있다.

오래전 드라마의 웃픈 대사, 벗으라면 벗을게요! 햇볕이 그러라면 내숭 떨지 않고 과감해질 텐데 아직은 기다려야 할 것 같다. 다시 보니 마티스의 춤과 오징어 꼬리잡기의 유사성은 아무래도 억지 같다.

좋아하는 부위의 스테이크
고기를 구워 2가지 디종
머스터드를 곁들인다.

토마토에 견과류를 곁들이고
기호에 맞는 드레싱을
얹는다.

족적을 남기는 요리

Cooking that leaves a trace

~~~~~

빵 조각 위에 슬라이스 햄과 구운 방울양배추를 올리고
딜로 장식한다.

세프를 꿈꾸는 요리

가슴 졸여 가며 시청한 방송이 있다. 셀럽이 전문 셰프들의 요리 사이에서 어머니의 손맛을 찾아내는 내용이다. 셰프들에게 기죽지 않고 침착하게 요리를 해내시는 어머니도 놀랍고 고개를 갸우뚱하면서도 끝내 어머니의 손맛을 탐지해 내는 아들도 기특하다. '솔직히 저게 가능해?'라며 조작은 아닐까 의심까지 해본다. 나는 엄마의 김치를 찾아낼 수 있을까? 엄마의 찌개는? 생각해 보니 살짝 가능할 것 같기도 하다. 하지만 내 요리는 맛이 낙관의 역할을 할 것 같지 않다. 유명인의 가족이 아니어서 다행이다. 큰 망신을 피했다.

올겨울 우리 집 김장 김치 맛에는 약간의 변화가 생겼다. 친정어머니를 도와 굴을 씻고 깨를 뿌리고 맞는 김치통 뚜껑을 찾아 드리던 내가 잠시 자리를 비운 사이, 막내 이모가 투입되신 덕이다. 늘 "조금만 조금만!"을 외치는 졸보 대신, 화끈한 성격의 이모가 등판하신 덕에 김치는 새빨개졌고 맛에도 생기가 돈다. 양념 비법을 배우러 오셨던 이모는 비법 대신, 재료의 중요성에 대한 각성을 하셨단다. 맛있는 배추와 젓갈 등을 구하기 위해 부지런히 발품을 팔아야 한다는 것을 배워 가셨다고. 짜게 절인 배추 대신 기어이 싱싱한 배추를 직접 찾아내셔야 직성이 풀리시는 엄마의 고집을 나는 '절대!' 물려받을 마음이 없지만 우리 집에서는 나름 까다로운 사람으로 평가받고 있으니 참 기이한 일이다.

크리스마스 시즌이 되자 달달하고 예쁘면서 '위험한 아이들'에 대한 경계심이 느슨해진다. 베이킹은 레시피 준수가 안전하지만 약간의 융통성을 발휘하여 당도를 조절하거나 하는 일은 가능하다. 밀가루 대신 아몬드 가루, 버터 대신 올리브유나 코코넛오일 등을 이용하는 것은 평생 무늬만 다이어터인 나의 정체성을 증명하는 일이기도 하다. 허용할 수 있는 적당한 당도를 찾아냈을 때의 기쁨은 사뭇 감동적이다. 시중에는 그 기준을 심하게 넘어 버린 단것들이 많기에 적당한 당도는 죄책감을 덜어 준다. 덜 달면서 건강한 맛을 숨기지 않는 디저트는 엄마표 달다구리의 특징이 되어 줄지도 모르겠다.

도통 맛으로는 개성이 없다 싶을 때에는 데코로 승부를 보는 것도 방법이다. 요리의 평범함을 보완할 수 있다. 어떤 지혜로운 분은 동네 산에 갈 때 작은 비닐봉지 정도를 꼭 챙긴다고 하신다. 뭐라도 채집해 와 식탁 데코에 활용할 수 있기 때문이란다. 비바람에 떨어진 잔가지들이나 솔방울들도 비슷한 이유로 우리 집에 와 있다. 젖은 솔방울들은 습도 조절에도 탁월하다니 얻어걸린 지혜에 스스로 감탄할밖에.

방울양배추를 올린 오픈 샌드위치와 빨간 양모펠트 방울 장식을 매치시켜 보았다. 금손 언니가 만들어 준 피에스 몽테(pièce montée) 모양의 크리스마스트리다. 전략적으로 강렬한 빨간 넥타이를 선 자리에 매고 나가 결혼에 성공했다는 중학교

은사님이 생각난다. 얼굴에 덜 주목하게 하기 위함이었다고. 은 연중 그분의 지혜를 따르고 있나 보다.

기억될 만한 요리가 되는 비법을 찾기란 어렵다. 블라인드 테스트도 뚫고 나갈 대단한 개성은 바라지 않더라도 이리저리 궁리하는 동안, 혹은 초연히 정진하는 동안 자연스럽게 획득되기를 바랄 뿐이다. 너무 맛이 없어서 어디서도 티 난다는 소리만 안 들으면 다행이려나.

1. 초록 잎채소를 깔고 토마토 조각을 빙 둘러 준다.
2. 익힌 라비올리와 카레 가루를 넣어 구운 닭가슴살, 아스파라거스를 풍성히 담는다.

유머가 있는 요리

Laughter-Infused Recipes

디코이

Decoy

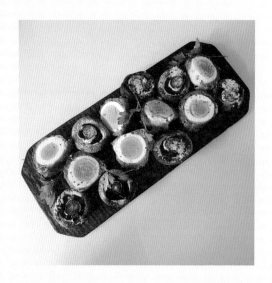

~~~~~~

1. 반숙한 달걀에 밀가루를 살짝 입힌 후 양념한 다진 고기로 잘 감싸 준다.
오븐이나 팬, 혹은 에어프라이어에 익혀 준다.
2. 익힌 양송이와 달걀 품은 미트볼을 반 갈라 담아 적당한 허브로 장식한다.

유머가 있는 요리

식탁에 여러 개의 태양, 혹은 달이 떴다. 물론 자의적 해석이다.

냉장고 속에 어미 닭이 살고 있는지 달걀이 줄지 않는다. 선물로 배송받은 냉동 떡갈비는 다 녹아 버려서 빠른 소비가 필요했다. 이웃에 도움을 청했으나 그 집도 냉동이 한가득하단다. 언젠가 요리책에서 본 기억이 있어서 삶은 달걀에 밀가루 뿌리고 떡갈비 반죽을 입혔다. 나 꽤 스마트한 걸까? 이런 순간은 늘 즐겁고 짜릿하다.

겉모습만 보면 커다란 미트볼 같은 달걀 품은 떡갈비 반죽은 지글지글 익어서 고기 좋아하는 아이의 환호를 자아낸다. 하지만 곧 달걀이 들어 있음을 알고 속았다는 표정을 짓는다. 동그란 초콜릿을 깨물었는데 견과류가 들어 있는 걸 알았을 때의 표정과 매우 비슷.

생각해 보면 나 역시 어릴 적 한두 번 속은 것이 아니다. 엄마가 즐겨 쓰시던 방법은 사골국물에 된장을 푸는 것이었다. 슬픈 대물림이 적용되어 나도 카레나 짜장 소스에 채소를 잔뜩 숨기는 방법을 즐겨 사용하곤 했다. 누군가의 분노 섞인 증언에 따르면 갈비찜 속 고기인 척하는 버섯을 많이 씹어 보았다고 한다. 나는 모르는 일이라고 잡아뗀다. 다른 국물을 쓰거나 채소를 듬뿍 넣어 무늬만 라면일 때도 많다. 그럴 거면 손을 떼라는 엄중

한 경고를 받고서야 조금 자제를 하지만 일관된 주장은 굽히지 않는다. 고기도 먹어 본 놈이 잘 먹듯이 채소도 그렇다! 미국의 어느 빈민가 초등학교에서는 학생들에게 채소를 가꾸어 집에 가져가게 하고 급식에도 적극 반영하고 있다고 한다. 그 아이들은 '채소 맛 좀 아는 사람!'으로 커가는 중인 거다. 태생이 맹금류에 가까웠던 나도 채소 먹는 즐거움을 뒤늦게 알아 가고 있다. 그나마 어릴 때 뒷마당 텃밭이 있었기에 바로 따먹는 토마토가 얼마나 고소하고 달콤했는지 정도는 기억하고 있다. 조기 교육은 역시 중요하다.

식탁에 둘러앉으면 각자 취향에 따라 빨리 먹어 보라고, 마셔 보라고 재촉을 한다. 주류 애호가가 거듭 압력을 주어 한입 마셔 본 포도주 맛이 괜찮아서 고개를 끄덕여 주자, 병에 적힌 상호 Decoy가 속인다는 의미라고 알려 준다. Decoy를 생산하는 미국 캘리포니아의 와이너리 덕혼(Duckhorn)의 상징은 귀여운 오리인데 사냥감들의 유인용 가짜 오리라고 한다. 미끼라면 꼬물꼬물 지렁이 정도나 알고 있었는데 이런 가짜 오리에도 속는 동물들이 있다니 재미있다. 길에서 빨간 봉을 흔드는 상반신 경찰에게도 자주 속는 나랑 비슷한 건가. 사람인 척 새들을 물리치는 허수아비와는 같은 듯 다른 쓰임새. 속고 속이기는 삶에서 만연한 일상인가 보다.

속이려고 속인 것은 아닌데 달콤한 냄새를 풍기는 뚱뚱이 미트볼로 오늘의 decoy를 실행하였다. 미안한 마음을 담아 모둠 샐러드 안에 들어 있던 큼직한 분홍 꽃을 아이의 접시에 올려 주었다. 한 입 빨아 보더니 먹기는 싫다고 한다. 꽃은 내게로 넘어왔다, 고기는 절대 되돌아오는 법이 없는데.

먹어 보니 과연 별맛은 없다. 그래도 영광이지 않은가, 사기꾼에게 꽃이라니!

각종 샐러드용 채소를 드레싱에 버무리고 식용 꽃으로 장식한다. 소시지와 빵을 곁들여 낸다.

수박을 잘라 리코타 치즈나 요거트 등을 얹어 낸다. 전채도 디저트도 될 수 있다.

나쁜 친구에게 바치는 詩

Ode to a mischievous pal

〜〜〜

1. 닭고기, 연어를 튀김가루를 묻혀 기름에 튀긴다.

양송이도 튀기거나 구워 곁들여 준다.

2. 양상추, 오이, 키위, 파프리카 등 가볍고 소화를 돕는 재료들로 샐러드를 만든다.

'겉바속촉'의 완결판, 튀김은 엄마가 만나지 말라고 하는 나쁜 친구 같다. 남다른 매력에 이끌려 자꾸만 동경하게 되고 손가락만 까딱해 줘도 홀린 듯 다가가는.

　그 나쁜 친구와 자발적 만남을 가졌다. 타르타르소스까지 얹어 준다는 말에 현혹되어 사들인 닭고기와 연어, 양송이를 튀겼다. 아무리 '자작하게'라지만 나중에 보니 팬에는 남은 기름이 거의 없다. 한 입 먹을 땐 가볍지만 나중엔 한없이 무거워지는 튀김. 아삭한 식감의 양상추와 오이, 파프리카, 소화에 좋은 키위를 듬뿍 얹은 샐러드를 곁들인다.

　튀김의 마법은 대단하다. 줄 서는 호떡집에 가보면 씨앗과 견과류, 흑설탕 못지않게 기름의 역할이 막강한 것에 놀라게 된다. 기겁해서 기름을 쓰지 않는다는 호떡을 먹어 보면 어쩐지 많이 허전하다. 예전에 적당한 기름에 지져 주던 호떡이 그립다. 그마저 이제는 금기시되는 쇼트닝의 고소함에 힘입은 것이어서 그냥 추억의 맛으로만 간직해야 할지도 모르겠다. 기름을 아껴 맛이 없는 내가 만든 전들과는 달리, 식당의 전들은 풍부한 기름 덕에 바삭하기 그지없다. 기름기 'No, no!'를 내세우는 전기구이 통닭마저 마지막에는 바삭한 식감을 위해 살짝 튀긴다니 기름의 마법은 어디까지일까? 라면의 남다른 풍미도 튀긴 덕이고, 내가 좋아하는 바나나칩도 기름탕에 몸 풍덩 지지고 온 아이이다.

어릴 때는 손님 오실 때만 냄새라도 풍기던 새우튀김 같은 것이 좋았는데 어르신 입맛이 된 요즘엔 가지튀김이 좋다. 얇고 바삭한 튀김옷 속에 숨어 있는, 뜨겁게 녹아드는 속살은 '혀가 데도 좋아'를 외치게 한다. 가지튀김의 어린이 버전은 치즈돈가스? 용암처럼 콸콸 흐르기는커녕 잠깐 흐르다 멈추고 마는 빈약한 치즈양에 상처받지만, 기대를 멈출 수는 없다. 우리를 들뜬 어린이로 머물게 하는 치즈돈가스는 사랑이다.

너는 닥치는 대로 환희와 재난을 뿌리고,
일체를 다스리되 일절 책임지지 않는다.
(⋯)
현혹된 하루살이가 너, 촛불을 향해 날아들어,
따닥따닥 불타면서도 하는 말, "이 불길을 축복하자!"

보들레르, 「미녀 찬가」,
세계 시인선7 『악의 꽃』 중에서

팜므 파탈, 잔느 뒤발을 사랑했던 프랑스의 시인 보들레르가 이해되는 순간이다. 일체를 다스리되 일절 책임지지 않는, 얄밉기 짝이 없는 치명적 매력에 스스로 다가가 불타버리다니. 축복까지 하면서!

아직도 나쁜 친구의 유혹에서 자유롭지 않은 처지라 동병상련의 비애가 느껴진다.

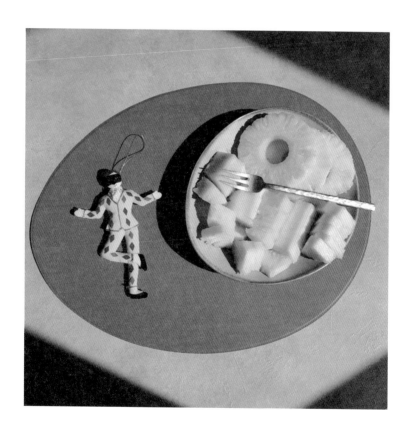

그때그때 달라요

Yes or no

~~~~~~

1. 식빵 두께로 자른 두부 조각 사이에 묵은지와 달걀 지단을 채운 후 밀가루,
달걀물을 입혀 구워 준다. 먹기 좋게 삼각형 모양으로 잘라 준다.
2. 오이의 속을 파내고 원하는 고기나 채소를 채워 넣는다. 약고추장, 잣 소스 등을
얹고 은행으로 장식한다.
3. 불린 쌀로 밥을 짓다가 각종 버섯을 얹어 완성한 후, 양념장을 끼얹는다.

유머가 있는 요리

Q. 혹시… 음식으로 장난쳐 본 적 있어? A. 아니.
Q. 왜? A. 아까워서.

칼 같은 대답에 웃음이 나지만 두부 몬테크리스토 샌드위치 만들기에 집중한다. 햄과 치즈 대신 구운 묵은지와 달걀 지단을 끼워 넣는다. 뒤늦게 떠오른 생각인데 딸기잼 대용으로 고기 다져 만든 약고추장을 넣으면 맛도 영양도 재미도 배가될 것 같다.

유통기한 넘긴 마카로니를 이용해서 아이가 미술 숙제를 해 간 적이 있다. 예쁘게 완성되어 친구들한테 부러움을 살 줄 알았지만 아이는 울먹이며 돌아왔다. 어떤 친구가 먹는 걸로 장난치면 안 된다고 했다는 것이다. 유통기한 넘긴 것이라고 해명을 해도 친구는 굽히지 않았단다. 그 아이도 주위 어른들에게 들은 말이 있었던 것이다.

어른들 말씀이 무색하게 도처에서 음식으로 장난치기가 넘쳐 난다. 생각해 보면 학교에서 그러라고 가르쳤다. 실습 시간에 사과로 토끼 깎기를 배웠다. 알록달록 그림이 그려진 달걀을 교회에서 나누어 주기도 한다. 바싹 구워진 붕어빵을 앞에 두고 우리는 '어디부터 먹어 주랴, 꼬리?' 하며 잔혹한 고민에 빠지곤 한다. 얼마 전에는 고구마 산지로 유명한 해남에서 고구마를 쏙 빼닮은 빵을 먹어 보았다. 붕어빵에는 붕어가 없다지만 고구마 빵은 진실되게도 고구마를 많이 품고 있었다. 달고나는 음식으로 장난치기의 대표적인 예가 아닐까 싶다. 세계에서 가장 큰 피자나 비빔밥 만들기, 토마토로 난장을 만드는 축제까지, 알고 보면 우리는 먹거리로 다채로운 재미를 추구하며 살고 있다. 내 혀를 먼저 녹일 것 같은 엄청나게 큰 막대사탕은 어린이들의 로망이며, 구름을 닮은 솜사탕은 먹어도 먹어도 먹은 것 같지 않은 즐거운 사기를 경험하게 한다. 송편을 깨물기 전 우리는 얼마나 마음을 졸였는가? 속이 달콤한 깨일지 지루한 콩일지 몰라서. 반면 음식에 악의적인 장난을 쳤을 때 더 없이 분노하게 된다. 뉴스에 등장하는 엽기적인 내용들은 달걀 투척 의지를 불태우게 한다. 아기 분유를 비롯하여, 못 만들어 내는 아이템이 없다는 가짜 음식들도 대표적 분노 유발템들이다.

음식과 우리는 불가분의 관계인지라 좋은 쪽이든 나쁜 쪽이든 장난치고 싶게 되는 것 같다. 요즘 디저트들을 보면 가만히 안 놔두겠다는 의지가 팍팍 느껴진다. 마카롱은 뚱카롱으로 만들고 크루아상은 배를 갈라 예쁘고 맛있게 채운다. 마들렌이나 에클레어에도 색색의 코팅을 입혀 더 눈과 손이 가게 만든다. 빙수는 패션모델이라도 되는 듯 시즌별로 옷을 갈아입는다. 짜파구리도 처음에는 누군가의 장난기나 불가피한 사정으로 발명되었을 가능성이 높다. 크로플은 모든 걸 구워 보게 만들었다. 창의적 장난에 크게 한술 더 뜰 따라쟁이들은 어디에든 있다. 한때 유행이었던 달고나 커피 만들기, 복숭아에서 씨를 빼내고 그릭요거트를 채워 넣는 그릭 모모 열풍 등도 생각이 난다.

삶은 달걀 토끼나 보라 가지로 만든 펭귄 앞에서 우리는 늘 속수무책이다. 음식으로 장난치는 것은 잘못일까? 정답은… 그때그때 달라요! 가족들이 "엇, 샌드위치 같은데?"라고 호응을 해오자 쿨하게 응대해 준다. "흠, 보는 눈은 있어 가지구."

김, 떡, 순

Kimbap, spicy rice cake, blood sausage

≈≈≈

1. 길게 자른 두부를 항정살과 함께 굽고 고추장 양념에 버무린다.

2. 간을 한 익힌 비트를 데친 양배추 잎 위에 올려 김밥처럼 말아 준 후, 한입 크기로 썬다.

유머가 있는 요리

영혼을 갈아 넣어도 스트릿 푸드의 원초적인 맛을 따라잡을 순 없다. 어차피 지는 게임이라 내 식으로 도전해 보았다.

주기적으로 '김, 떡, 순'을 향한 욕망이 일어난다. 배달앱을 뒤져보지만 기본 주문액이 진입장벽이다. 남겼다가 다시 먹을 것 같지는 않아 다른 궁리를 시작한다. 믹스커피는 종이컵에 마셔야 하듯 전용 분식 접시가 필요하다. 쨍한 초록색이 아닌 톤 다운된 가정용 접시를 구비해 두니 든든하다. 멜라민 성분이 열에 강하다고 하니 일단 안전성에 대한 걱정은 접어두기로 한다.

두부를 막대기 모양으로 잘라 항정살과 함께 굽고 고추장 양념에 버무린다. 물론 이건 떡볶이가 아니다. 그래도 빨갛다는 공통점만은 유효. 순대는 비트로 속을 채운 양배추 말이로 대신한다. '이건 막창 순대야!'를 외치고 혼자만 고개를 끄덕인다. 김밥은 그냥 포기. 요즘 너무 다양한 예쁜 김밥들이 재야의 고수들 손에서 꽃처럼 피어나고 있다. 남들만큼이라도 쌀 때까지 수련을 계속해야 한다.

떡볶이 맛집들을 탐방하는 방송을 보니 기본 국물에 비법이 있다. 일단 채수나 멸치 육수처럼 정성을 들인 국물에 질 좋은 태양초는 기본. 그 밖에도 대외비 비법들이 한두 가지 들어가는 식이다. 어떤 분은 그런 건 다 거짓이라고, 최소한의 이윤이라도 내려면 그런 복잡하고 공이 드는 비법을 적용할 여력이 없다고 잘라 말씀하신다. 그래도 믿고 싶다. 단순한 음식에도 그렇게 많은 정성을 쏟는 어리석은 분들이 분명 존재한다고.

순대 또한 깊은 한 세계가 있다. 프랑스에도 비슷한 음식이 있다. 심지어 비위 약할 것만 같은 영국인들도 나름의 순대 요리를 가지고 있다. 우주의 규모를 생각하면 외계인이 없을 수 없다는 주장을 적용하면 꽤나 많은 순대 요리가 지구상에 존재할 것이다.

겨울이면 친척들이 모여 순대 속을 한 다라이 만들어 나눔 한다는 친구가 있었다. 그 비법을 전수받았으려나? 집이 멀다고 자주 결석했던 친구는, 진정한 고수는 신문지 반쪽 위에서도 출 수 있다는 나름의 댄스 철학을 피력했었다. 한번 따라 해보았으나 신문지만 찢어지고 말았다.

생각해 보면 분식집은 늘 친구들과 함께였다. 방과 후 옥상 대신, 우리는 분식집으로 부리나케 달려갔다. 한참 입시를 준비할 때는 DJ 오빠가 새로 왔다는 소식에도 발을 끊긴 했다. 참 대단한 자제력이었다. 책장을 열심히 넘기면 신랑 얼굴이 바뀐다는 선생님 말씀을 너무 믿었다.

김, 떡, 순. 네가 늘 이긴다. 그래도 패배는 숙명이라 받아들일게.

블라인드 테스트

Blind test

~~~~~~
1. 훈제 오리는 굽고, 길쭉한 브로콜리니는 먹기 좋게 잘라 익혀 준다.
2. 비트, 콜라비, 사과, 올리브 등을 오일, 식초, 디종 머스터드로 버무린다.

유머가 있는 요리

지난 주말 우리 집에는 막입을 가려내는 블라인드 테스트가 있었다. 우연찮게 가격 차이가 5배쯤 나는 와인 두 병이 다 열려 있어서 가능한 이벤트였다. 일전에도 '막입'이 들통난 적이 있던 나는 명예 회복을 노렸으나 결과는… 반박 불가 '둔한 혀' 확정!

이왕 이렇게 된 마당에 앞으로도 막입에 머물 것을 결심한다. 어설피 고급 와인에 맛 들였다가 늘어난 비용을 감당 못 해 스스로 입맛을 끌어내렸다는 지인의 웃픈 경험담도 있다. '술알못'에게는 모든 술이 어렵지만, 종류가 많은 와인은 더더욱 그렇다. 잔 모양만 바뀌어도 목넘김이 달라지는 듯한 느낌이 신기하고 맛에 대한 품평을 나누고 공감받을 때는 즐겁다. 하지만 어려운 사이라면 일천한 지식과 경험이 들통날까 두려워 움츠러든다.

물론 발전하고픈 마음이 영 없진 않다. 인류의 훌륭한 음식 유산 중 하나이고 분명히 '아는 것이 힘'이 될 영역이다. 적당한 가격 내에서 무슨 점수나 무슨 상을 받았다는 정보 정도에 의지해야 하는 블라인드 구매에서 벗어날 방법은 공부뿐일 것이다. 값이 싸면서 병 모양이 특이하면 피하라거나 비슷한 가격이면 신대륙 것을 고르라는 등의 팁은 참고하고 있다. 매장에서 구매할 때도 어려움을 느끼지만 식당에서 주문할 때는 더욱 난감해진다. 결국 가격만이 중요 정보인 것 같을 때에는 퍽이나 막막하다. 하지만 한껏 올라간 입맛은 되돌리기 어렵다니 아예 초보인 것이 나을지도 모른다.

그래도 평소에는 내 쪽에서 '막입'이라고 놀리던 이에게 거꾸로 비웃음을 당하니 엉터리 포도주의 뒷맛처럼 떨떠름하다. 어떻게 이런 확연한 차이를 모를 수가 있냐며 믿을 수 없다는 표정이다. 내가 선택한 와인은 도수가 더 높아서 강렬하게 음식 사이를 비집고 들어왔을 수도 있다, 애초에 와인, 특히나 레드에는 별 관심이 없다, 또한 막입이라 헛돈 쓸 필요 없어 좋지 않냐, 식비 굳었다 등등이 겨우 생각해 낸 말이다.

애정을 갖고 관심을 두면 전문성이 생기는 것은 당연한 이치일 것이다. 현대 미술만큼이나 난해한 요즘 시들을 읽어 내지 못해 늘 답답하던 차에 특별한 경험을 한 적이 있다. 반려동물 고양이에 관한 한 편만은 예외였던 것이다. 곳곳에 시인이 숨겨 놓은 미묘한 의미의 단서들을 놓치지 않고 뒤밟아 가는 듯한 쾌감을 맛보았다. 내가 늘 집에서 한 녀석을 예의 주시하고 받들어 모시며 애정을 두고 관찰한 덕인 것 같다. 그 한 편만은 구석구석 이해할 수 있었다. 예외적으로 시인의 통찰력에 근접해 있었나 보다. 신기한 체험이었고 그동안의 대략 난감은 부족한 관심 등 전적으로 내 문제였나 싶다.

절대 음감 없어도 음악 잘 할 수 있는 것처럼 초딩 입맛들도 기죽지는 말자. 아직 미숙할 뿐, 우리의 성장판은 오픈 상태다.
좋은 것은 좋은 것대로, 다른 걸 다르게 알아볼 수 있는 취향은
관심을 두고 노력하면 조금은 업그레이드되지 않을까?

1. 초록 잎채소를 접시에
깐 후, 빵과 치즈를 올리고
토마토로 빙 둘러 준다.
2. 석류알이나 견과류 등을
뿌려 계절감과 맛을 살린다.

크래커나 빵 위에 크림치즈,
색을 넣은 요거트 등을
얹는다.

엄마는 짜장면이 싫다고 하셨어

Mom doesn't like jajangmyeon

≋

페투치니 면, 블랙 빈 소스에 볶은 양배추, 호박, 적양파, 오징어 등을 함께 담아낸다.

유머가 있는 요리

한때 '자장면'이라고 표기했던 짜장면은 혼용을 인정받아 다시금 표준어가 되었다. 당연한 처사다. 엄마는 짜장면이 싫다고 하셨어! 오랜만에 이 가사를 읊조리고 있으니 누군가 이렇게 응수한다. "엄마는 뻥쟁이!" 그 속사정이야 같은 뻥쟁이들만 알 일이다.

요즘 큰 마트에 가면 정말 다양한 파스타 면을 팔고 있다. 색, 굵기, 모양도 다 달라서 구경만으로 재미있다. 동그랗게 말아 놓은 페투치니 면을 사 놓고 보니 까만 소스를 곁들이면 예쁠 것 같았다. 짜장 소스가 딱 맞다. 업장 짜장면의 풍미를 조금이라도 따라잡으려면 엄청난 기름 덕을 보아야 해서 두려운 마음에 시판 블랙빈 소스를 사용해 보았다. 오래전 홍콩에서 먹어 본 검은콩 소스 해물 요리들이 떠올라 기대가 컸지만 텍스처도 다르고 완전 그 맛은 아닌 것 같다. 짠맛도 강해서 오징어 먹물처럼 까만 짜장 파스타를 만들겠다는 계획은 바로 어그러졌다. 어쨌거나 암흑처럼 검은 소스 안에서 재료들이 제각각 색을 잃지 않고 연두로 보라로 영롱하기란 힘든 것 같다. 같이 어우러져 익어가는 동안 서로에게 물들고 영향을 준다.

짜장면의 독보적인 위치는 말해 봐야 입 아픈 수준이다. 외국 여행 후 '먹킷 리스트'에 꼭 있을 정도니 그야말로 굴러온 돌이 박혀서 점점 자라나고 있는 형국이다. 간편식으로도 개발되어 짜***에서 시작하여 짜**리로 응용되더니 영화 〈기생충〉

에 등장, 일약 세계적 레시피가 되기에 이르렀다. 부유하고 유난스러운 박 사장네에서 한우 채끝살 토핑 짜**리를 먹는 것은 여러모로 의미심장하다. 갑작스레 여행이 취소되어 간소하게 먹어야 하는 상황인 걸 감안해도 그들도 어쩔 수 없이 짜**리는 먹고 사는 것이다. 물론 한우 채끝이 어우러져 한끝이 다르긴 하다. 최고급 채끝살 고명, 소스의 어두운 색상과 더불어 상상되는 느끼한 기름 맛으로 이미 '욕망 짜**리'의 기묘한 느낌을 준다. 디저트계의 럭셔리 끝판왕이라는(애플망고나 샤인머스캣을 얹은) 호텔 빙수와는 또 다른 느낌으로 '있어' 보인다. 후드티 하나 걸쳤을 뿐인데 명품인 것처럼. 아직 달걀노른자 정도만 얹어 본 입장에서는 그렇다.

최고로 소박한 메뉴가 한우 채끝 얹은 짜**리인 집에서 제대로 힘을 주면 얼마나 화려한 밥상이 되는 건지! 이걸 또 해내는 이가, 바로 기생충 엄마다. 구성원 하나하나가 출중했던 기생충 가족 중, 엄마도 비범함에서는 결코 빠지지 않는다. 전문 도우미 여사님이 담당했던 각종 고급 요리들을 바로 척척 해내는 것으로 보아 최소 전직 요리사 출신임이 분명하다.

짜장면이 아무리 특별해도 전처럼 귀한 외식 메뉴이거나 단체 회식의 고정메뉴는 아니다. 가족이나 편한 사람들끼리 먹는 음식이 되었다. 그래도 다양하게 응용되어 춘장이 떡볶이의 소스로 활용되거나 채소를 숨겨 어린이들 먹이기 딱 좋은 짜장밥으로 꾸준히 엄마들의 사랑을 받고 있다. 이제 그냥 K푸드다.

믿을지는 모르겠지만 다음번에 나는 짜장면이 '싫다'고 말해 봐야겠다. "혹시 여긴 마라샹궈 없니? 요즘 그게 핫하다며?" 나는 유행을 아는 엄마다. 또 누가 응수할 것 같다. "이제 그것도 한물갔는데?"

대식가 DNA

Foodie DNA

~~~~~
초록 잎채소를 접시에 깔고 엔다이브(알배추 등으로 대체 가능)를 빙 둘러 준다.
딜 등의 허브를 섞은 크림치즈를 그 위에 올리고 생선알(올리브 등으로 대체 가능)로
마무리한다. 중앙에는 방울토마토를 채운다.

유머가 있는 요리

우리 조상들이 못 말리는 대식가였다는 설이 있다. 지금과 단순 비교하여 한 끼의 섭취량은 많았을 것 같다. 신체 활동량도 월등했을 것이고 '있을 때 먹어둬!'의 지혜였을 수 있다. 산과 들을 헤집고 물속을 자맥질해 새로운 먹거리들을 잘도 찾아냈다는 얘기는 들어 봤지만, 먹성까지 좋았다니. 슬슬 설득되기 시작한다. 우린 일단 음식은 푸짐한 것을 미덕으로 하지 않는가. 낭비는 싫으면서도 반찬 가짓수 많은 식당에 가면 기분이 좋아진다. 그 가짓수가 허수임을 알게 되어 분노로 바뀌는 게 문제지만. 누군가가 가정에서 조식을 9첩이니, 12첩이니 차려 낸다고 하면 충격과 감동을 느낀다. 물론 나 같은 게으른 자의 질시와 반감을 사기도 하지만.

대식을 넘어서 '괴식'으로 보일 정도로 많이, 맛있게 드시는 분들이 있다. 그분들의 믿지 못할 먹성을 영상으로 확인하기도 한다. 이걸 왜? 하다가 넋을 놓고 빠져든다. 오래전 읽은 어떤 소설의 주인공은 외출에서 돌아오면 늘 냉장고에서 찬 맥주나 캔 커피를 꺼내 줄기차게 마시곤 했다. 따라 해보았으나 쓰고 달고 이가 시리기만 했다. 엄청난 맥주 먹방을 바로 눈앞에서 직관한 적도 있다. 밝은 인상의 여자분과 비행기 옆자리에 앉았는데 숙면을 위해서라며 승무원에게 맥주 한 캔을 청하는 것이었다. 이후의 전개는 조금 의외였다. 그녀는 수면제 맥주에 내성이라도 있는 것인지 예닐곱 캔을 추가로 주문했다. 승무원분은 미소를 잃지 않고 번번이 가져다주었지만 잦은 요청과 화장실 나들이 덕에 복도 쪽 좌석에 앉은 나는 불면의 시간을 견뎌야 했다. 옆좌석 그녀는 도무지 잘 기색이 없어 보였다. 쉽사리 잠들기에는 맥주가 너무 부족했던 것일까?

확실히 전보다는 덜 차린다, 명절에. 모일 가족들도, 다 집어삼키던 위대한 위장들도 줄어들고 있기 때문이다. 그런데도 다이어트 루틴이 무너지지 않도록 정신줄을 꽉 잡고 있기란 쉽지 않다. 다행히 첫 끼니는 준비에 진이 빠져 국물이나 떠먹고 말지만, 잔반 처리라는 명분으로 두고두고 과식을 하기도 한다.

음식 관련 다큐멘터리를 보다가 귀에 쏙 담기는 주장을 접했다. 육식을 하는 인간이라면 사냥을 해보는 것이 유익하다는 것이다. 내 생존을 위해 다른 짐승의 사체를 얻는 것이 얼마나 어려운 일인지 알게 되면 오히려 덜 먹게 되고, 아무거나 먹지 않게 된다고 한다. 맥락은 좀 다르지만, 정성 들여 고아 낸 국물을 한두 숟가락 뜨고는 팽개치는 이들을 보면, 네가 끓여라, 소고기뭇국! 외치고 싶다. 물론 나도 뷔페식당에 가면 맛만 보고 마는 음식들이 많다. 죄책감을 덜기 위해 책임을 다른 곳으로 돌린다. 그러게 맛있게 만드시면 좋았잖아요! 그럼에도 손님상에는 넘치게 담아야 맘이 편하니… 사냥까지 직접 해야 했으면 고깃국을 끓이기란 더욱 고단했을 것이다. 누군가 국물이라도 남긴다면 무슨 살벌한 일이 벌어졌을지 모르겠다.

명절은 대식가들도 맘 놓고 활동할 수 있는 흔치 않은 때이다. 오랜만에 보는 젊은이들에게 눈치 없이 연봉이나 결혼 계획 따위 묻지 말고 먹는 거에만 집중하자. 남기지 말고 다 먹자.

1. 오징어, 새우 등의 해물을 각종 채소와 함께 겨자소스에 버무린다.

2. 김 위에 소량의 밥을 넓게 퍼 바른 후, 아보카도, 맛살, 단무지, 파프리카, 무순 등을 넣고 말아 마끼의 형태로 만든다.

3. 삶은 달걀을 반 가른 것, 오이 슬라이스를 접시에 담고 기호에 맞는 드레싱을 올린다.

스토리가 있는 요리

Epicurean Storytelling

레전드 김밥

Legendary kimbap

1. 달걀노른자와 흰자를 갈라 지단을 만든 후 돌돌 말아 놓는다.
2. 비트즙을 넣어 초절임한 무를 길게 썰어 준비한다. 생다시마도 살짝 말아 놓는다.
3. 김 위에 흑미밥을 얇게 펼친 후 1, 2의 속 재료를 넣어 말고 은행알을 곁들인다.

프랑스의 유명 휴양도시 도빌(Deauville)은 추억의 영화 ＜남과 여＞의 배경이다. 남과 여의 멋짐이 작렬하는 이 영화에서, 바다는 또 다른 주인공처럼 보였다. 하지만 기대를 품고 도착한 흐린 날의 현실 도빌 바다는 그냥 우리나라 서해와 꽤 비슷했다. 형형색색의 우아한 파라솔들만은 인상적이었다. ＊＊사이다 글씨 박힌 것들만 보았던 내 눈에는 하나 뽑아오고 싶은 아트 피스 같았다.

　　그 해변에서 누구보다 만족스러운 피크닉을 즐긴 이들은 다름 아닌 김밥 싸 들고 온 우리 3대 일가족. 아침 메뉴도 동일했기에 물릴 법도 했건만, 오는 동안 숙성이 된 것인지 김밥은 더욱 맛이 깊어져 있었다. 주위의 프랑스인들은 간단히 포도주와 치즈, 파테(pâté, 육류 등을 갈아 굳힌 저장 음식) 정도를 즐기는 듯 보였다. 하나도 부럽지 않았다. 우아한 이국의 휴양지 도빌 해변에서 먹은 인생 김밥의 지위는 수십 세월이 흘러도 견고하다.

　　얼마 전 실행한 나만의 김, 떡, 순 프로젝트에 김밥만은 빠져 있었다. SNS에 포진하고 있는 개성 넘치는 멋쟁이 김밥들에 주눅이 들어서였다. 하지만 냉장고에 쌓여 있는 달걀을 처리해야 하는 미션이 등을 떠밀어 나만의 김밥을 완성하기에 이르렀다. 김, 떡, 순 삼총사만큼이나 분식계의 인싸인 어묵도 함께.

　　학교 소풍 때는 다들 김밥을 싸갔었다. 특이한 거 가져가서 친구들한테 뺏기느니 김밥이 무난하고 안전했다. 신기한 것은 집집마다 내용물도 사이즈도 다 달랐다는 것이다. 그 시절 이미 거대 김밥을 구현하신 어머니도 계셔서 도시락통에 동그라미 6개쯤이 겨우 들어가 있기도 했다. 요즘은 직접 싼 김밥이 귀해져 가끔씩 선물로 오갈 정도다. 만든이를 닮아 있는 김밥들이 재미있다. 분홍 소시지를 넣어 색감이나 맛이 소녀풍인 김밥도 있고, 야무진 성품을 닮아 절대 풀릴 일 없이 단단히 말려있는 김밥도 있다. 시금치와 당근을 듬뿍 넣은, 사심 가득한 내 김밥은 이제 여유로워졌다. 채소를 많이 먹이겠다는 집착을 버리니 옆구리가 터지는 일도 안 생기는 것 같다.

김밥은 대부분 즐거운 추억을 소환하지만 조금 슬픈 기억도 있다. 부모가 동반할 수 있는 수련회에 혼자 온 아이가 있었다. 둘러앉아 두런두런 도시락 메뉴 비교하는 재미에 푹 빠져 있는데 그 아이의 것은 가격표까지 그대로 붙어 있는 편의점 김밥 한 줄이었다. 다들 당황해서 눈빛만 교환했다. 어쩌면 당찬 그 아이는 아무렇지도 않았을 수 있다. 생각이 많은 어른들이, 하다못해 주문이라도 해서 보내지 않은 그 엄마를 단죄하고 아이를 딱하게 여겼는지도 모른다. 부모들을 대표해서 미안했던 마음이기도 했다. 수련회 동안 활발하게 잘 지냈던 그 아이는 주체적이고 독립적인 어른이 되어 있을 것 같다.

다시 이국의 바닷가로 돌아가 본다. 분명 즐거운 피크닉이었다. 생김새와 도시락 메뉴는 주변과 조금 달랐지만 우리는 부러울 게 없었다. 바다색만 빼고 모든 게 만족스러웠던 그 해변의 나들이는, 프랑크 소시지가 통째로 박힌 어린이 취향 저격 할머니표 김밥이 있어서 레전드가 되었다. 넘쳐 나는 달걀을 돌돌 말아 완성한 오늘의 김밥도 방구석 피크닉의 흥행 보증수표가 되었기를.

여름 과일들을 보내며

Sending off summer fruits

크기가 작은 참외를 골라 속을 파낸 후, 천도복숭아와 무화과를
채워 준다. 조심조심 썰어 낸다.

스토리가 있는 요리

고온다습 때문에 힘든 여름은 풍성한 과일 덕에 견딜만하다. 농업의 발달이 계절의 경계를 흐릿하게 만든 덕에 제철이 아닌 과일을 찾아서 온 세상을 헤매야 하는 효자나 예비 아빠는 줄어들었다. 그런데도 때가 아주 없는 것은 아니다. 마침내 여름 과일들을 떠나보내야 할 시기가 왔다.

노오란, 향기 달콤한, 엉덩이가 어여쁜 그런 석별도 있었다.
(문인수,「성주 참외를 봤다」,『적막 소리』중에서)

경북 성주 출신인 시인이 먼 서해의 어느 포구에서 제 고향 참외 상자를 우연히 본 후 반갑고 애틋한 소회를 적은 시인데 내 맘대로 인용해 본다.

'노오란, 향기 달콤한, 엉덩이가 어여쁜' 참외와 당분간 이별이다. 특별히 좋아하지 않았는데 외국살이 때 유난히 그리웠던 노란 참외. 세상 달고 향기로운 멜론들 사이에 노란 배꼽참외는 없어서였을까. 하필 제철이 아닌 과일만 먹고 싶은 임신부처럼 손에 닿을 수 없는 참외가 먹고 싶었다. 참외는 실패할 가능성 때문에 집을 때 신중해지는 과일이다. 오이와 구별이 안 되는 괘씸한 녀석은 샐러드에 넣어 활용하기는 한다. 반대로 단내를 풍기는 올바른 아이들은 달콤한 속이 아까워 고민한다. 적당히 타협해서 대충 씨를 긁어내기도 하지만 손님상에 나가야 할 때는 어쩔 수 없이 비워 낸다. 살짝 트렌드에 뒤져 보이더니 요즘엔 예쁜 노란 겉껍질 색을 활용하는 플레이팅이 유행이다. 다른 과일 껍질들은 잘만 먹으면서 참외만 안 먹어야 할 이유는 없을 것이다.

참외와 함께 눈물로 보내야 할 완전 소중한 황도를 빈 참외 속에 채워 본다. 숟가락으로 꾹꾹 누르다 보니 달콤한 즙이 솟아나 넘친다. 꺅, 한 방울도 못 잃어! 잘라 보니 어쩐지 삶은 달걀 같아 웃음이 난다. 살짝 신맛이 있는 황도와 참외의 살캉거리면서도 부드러운 맛이 잘 어울린다. 즙이 아까워 꾹꾹 누르지 못한 부분이 비어 있길래 역시나 이별이 멀지 않은 무화과의 붉은 속살로 메꾸다 보니 어떤 소우주에 빠져드는 느낌이다. 도마 위의 한 세계에! 이 사랑스러운 아이들을 조만간 놓아주어야 한다니. 여름 과일의 생생한 색감과 풍부한 맛에 많이 의지하던 방구석 셰프는 못내 아쉽다.

그러고 보니 엉덩이가 예쁜 건 참외만은 아니다. 살구, 복숭아, 자두, 수박까지 안 예쁜 아이가 없다. 그리고 그중 최고봉은 개학을 맞아 집을 나서는 어린이들의 엉덩이일 것이다.

안녕, 과일 친구들. 겨울잠을 일찍 깬 동물들처럼 불쑥 마트의 매장에 나타난 너희들을 보고 그냥 스쳐 지나가도 용서해 주렴. 너무 오른 몸값에 화들짝 놀란 탓일 테니.

잘 가, 여름! 떠나는 이들의 뒤태가 아름다운 건 이별의 유일한 달콤한 부분일지도.

1. 간장, 고춧가루 등으로 양념해 끓여 낸 등갈비를 담은 후, 깻잎을 채 썰어 수북이 올린다.
2. 두부와 밥을 섞어 데친 호박잎으로 싸준다.

도시락

lunchbox tales

스토리가 있는 요리

유부에 밥 대신 두부를 채우는 레시피가 있어서 따라 해보았다. 누군가 뺏어 먹길 기대하며 때깔에도 힘을 주었다. 물기를 날린 으깬 두부에 살짝 간을 하고 당근과 카레 가루, 비트와 자색 양파 등등을 섞어 꾹꾹 눌러 담아 주었다. 조합은 무궁무진할 것이다.

도시락은 휴대가 가능한 작은 밥상이다. 조선의 마지막 왕자들 중 한 분은 학교에 갈 때면 상궁들이 줄줄이 상을 들고 뒤따랐다고 한다. 물론 보통 사람들은 본인이 직접 지참한다. 가만히 있어도 밥차나 커피차, 조공 도시락이 도착한다는 스타들이 있어 부러움을 산다. 그 정도가 되려면 수많은 끼니를 차가운 김밥으로 때웠을 가능성이 높다.

자녀의 학교 도시락은 새벽잠을 포기한 엄마들의 피, 땀, 눈물의 결과물이었다. '도시락 몇 개까지 싸봤니?'가 고생 배틀의 중요 지표가 되기도 했다. 두 자릿수 가깝게 쌌다는 분들 앞에서는 무조건 '입꾹닫' 해야 한다. 물기 조심, 냄새 조심, 심지어 남 앞에 꿀리면 안 되는 것까지, 신경 쓸 게 한두 가지가 아니다. 밑반찬을 기본으로 조금씩만 변화를 주는 무한 반복에 가까운 메뉴여서 어린 소비자들의 점수는 후하기가 어려웠다. 그래서 맨밥 위에 올라가는 달걀프라이, 뿌려 먹는 푸레이크, 샛노란 체더 치즈 한 장이 큰 차이를 만들어 냈다. 완두콩으로 하트를 만들어 주는 다정한 엄마도 (내 주위에는 없었지만) 어딘가에는 분명히

계셨으리라.

돌이켜 보면 다행히도 도시락에서 집안의 경제 사정이 확연하게 드러나진 않았던 것 같다. 늘 정성스러운 도시락을 가져오던 친구의 반찬이 어느 날은 김치뿐이었다. 친구는 도시락 뚜껑을 소리 나게 닫아 버렸다. 당황한 우리는 어머니 어디 편찮으신가 보다고 조심스러운 해석을 내놓았다. 그날 어머니께는 무슨 일이 생겼던 걸까? 일주일 내내 갖가지 전으로 채워졌던 친구의 도시락도 생각난다. 깻잎전이 제일 맛있었다. 어머니는 그 주간에 전에 꽂히셨던 모양이다. 그나마 단백질류에서 약간 판가름이 나기는 했다. 옆자리 친구의 장조림이 모양새가 좀 달랐는데 알고 보니 갈빗살이었다. 갑자기 친구네 집에 놀러 가고 싶어졌다.

갖가지 이유로 도시락을 싼다. 시간이나 비용을 절약하기 위해, 매일 사 먹는 밥이 지겨워서, 다이어트 때문에 등등. 가끔은 도시락이 먹고 싶지만 늘 집에 있어 그럴 일이 없는 사람들도 있다. 또 어떤 분들은 누군가 가져다주는 도시락이 절실하게 필요하다.

엄마가 싸준 도시락을 먹고 자랐으면서 정작 도시락 노동은 면제받은 운 좋은 나. 그래서 도시락은 아직 설렘인 건가? 도시락이 있으면 시원한 파도 앞 모래사장, 우거진 숲속의 나무 밑에서도 든든할 수 있다. 쓰지 않는 3단 도시락은 있지만 아담한 1인용 도시락이 왠지 갖고 싶다. 예쁜 보자기와 함께 손에 착착 감기는 날씬한 젓가락도 필수다.

판매하는 도시락도 (더) 맛있고 영양가 있고 예쁘게 만들어 주세요. 우리에겐 늘 그런 도시락이 필요하답니다.

1. 팬에서 볶아 물기를 날린 으깬 두부에 살짝 간을 한다.
2. 위 재료에 당근, 카레 가루, 비트, 자색 양파, 미역, 오이 등을 섞어 유부에 채워 준다.

1. 살짝 익힌 닭고기를 먹기 좋게 잘라 고추장 양념을 한다.
2. 표고, 셀러리 등을 양념한 닭과 함께 꼬치에 꿰어 오븐이나 에어프라이어에 굽는다.

부엌은 어쩌다가

How did the kitchen get here?

〰〰〰

1. 두부와 고기, 채소를 뭉쳐 완자를 만든 후 굽는다.

2. 그릇에 색색의 토마토와 함께 담는다.

스토리가 있는 요리

'부엌은 어쩌다가… 집안의 중심이 되었나?' 정도의 영문 기사 타이틀을 본 적이 있다. 본문은 깨알 크기라 읽어볼 엄두도 안 났지만 어쩐지 내용은 알 것도 같았다.

오랫동안 살아온 단독주택을 고치신 친척분은 가장 좋은 자리에 다이닝 공간을 겸한 부엌을 들이셨다. 정원뷰에 해가 잘 들어서 거실로 쓰던 명당자리였다. 어쩌면 그것은 당연하고도 합당한 선택이리라. 더 특이한 경우는 넓은 평수의 아파트를 고쳐 현관문 열자마자 부엌인 댁이었다. 부엌이 가정의 핵심 공간이 된 것에 의문의 여지는 없다 쳐도 꽤나 과감한 배치였다. 방문객을 놀라게 하는, 문 열자마자 부엌! 의 충격을 완화하는 약간의 장치가 있긴 했지만… 그런 파격적인 배치는 건축가 아드님이 전권을 위임받아 가능했을 것이다. 부담스러워서 손사래를 쳤을 법한데 쿨하게 수용하신 어머님도 대단하시다.

어릴 적 할머니로부터 부엌 출입을 금지당했다는 남자분이 있다. 신체의 중요한 일부가 떨어질 거라는 할머니의 협박성 당부 덕인지 라면도 맛없게 끓이는 무능력자가 되었으나 부엌만은 뻔질나게 들락인다. 부엌은 이제 배타적 구역이 아닌 누구나 빈번히 출입하는 공간이 되었다. 편리하게 각종 음료에 넣을 얼음을 얻고 싶은 남자들은 냉장고의 교체를 누구보다 열렬히 바라기도 한다.

한 맺힌 어머니들의 소원 1호가 '입식으로 바꾸기'였을 만큼 불편했던 부엌. 찬밥신세에서 '빛나는 센터'가 된 엄청난 신분 상승을 이루었다. 이젠 집에서 가장 값나가는 공간이다. 각종 가전이 촘촘히 박혀서 리모델링이라도 할라치면 비용이 상상 초월이다. 개인적으로 사랑하는 아이템은 가스레인지를 대신하는 매끈한 인덕션이다. 물론 가끔은 냄비가 넘쳐 거칠 것 없는 평면을 타고 국물이 바닥으로 수직 낙하하는 장관이 펼쳐지기는 한다. 진정한 요리 전문가들, 특히 중식 하시는 분들은 화력이 약해서 답답하다고 하시지만 그저 편한 것이 좋은 아마추어는 불만이 없다.

　가끔 내 부엌이 스마트함을 넘어서서 심술궂다는 생각이 든다. 특히 급한 손님 초대가 있는 날은 제대로 골탕 먹인다. 뭐만 살짝 스치기만 해도 켜지던 민감한 터치식 인덕션은 아무리 꾹꾹 눌러도 안 켜진다. 식기세척기는 세제 나오는 부분이 막혀 유리컵이 얼룩덜룩하다. 몇 번 쓰지도 않은 착즙기는 액체를 쏟아내야 할 입을 꾹 다문다. 기고만장해진 부엌의 역습인 건가? 센터 자리를 꿰차더니 영혼을 갖기 시작한 모양이다. 올챙이 시절 벌써 잊은 거니?

　집안에서 각종 사고가 날 확률 1위 공간답게 부엌은 다사다난이 숙명이다. 피를 보기도 하고 가끔 화상도 입는다. 그릇은 중력을 이기지 못하고 다이빙하여 어느 날 숨어있던 조각에 발을 찔리기도 한다. 가족들을 한데 모을 수 있는 곳. 편하게 책도 보고 컴퓨터도 켤 수 있는 곳. 부지런히 수련하여 망작이라도 건져 올리는 곳. 누가 억지로 가둔 것도 아닌데 제 발로 부엌을 서성인다.

자주 지저분해져 때론 꽁꽁 감추고 싶은 부엌, 지니처럼 부를 때만 나타날 순 없는 걸까? 그날이 올 때까지는 부지런히 청소하자!

1. 달걀을 풀어 소금 간 하고 납작한 그릇에 담는다.
2. 햄, 아스파라거스, 콜리플라워, 미니 파프리카를 얹어 오븐이나 에어프라이어에 익힌다.

깨진 접시도 쓸모가 있다구?

Even a broken plate has its uses

〰〰〰

1. 두 가지 파스타 면을 삶아 섞어 준다.

2. 새우에 각종 채소를 섞어 볶아 준 후 면과 함께 낸다.

스토리가 있는 요리

우리가 매일 쓰는 식기는 나무나 실리콘, 금속 등이 아닌 이상 깨지는 것들이 대부분이다. 그것들은 때때로 우리 손에서 벗어나 자연으로 돌아가려 한다. 가장 안전한 방지책은? 쓰지 않고 모셔두는 것일지도 모른다. 그래서인지 가끔 나는 그릇장 안에서 꽤나 낯선 그릇들을 발견하곤 한다. 그중에는 한 번도 쓰지 않은 것들도 있다.

어떤 이는 자식은 7살 이전에 평생 효도를 끝낸다고 말한다. 그때까지 주는 행복만으로도 차고 넘친다는 의미일 것이다. 그릇(내지 그 외의 많은 것들)도 비슷한 걸까? 7년의 예쁜 짓도 필요 없이 계산을 끝내고 집으로 모셔 오는 순간, 평생의 할 바를 마치는 녀석들은 참 기특하다.

그릇들은 심지어 깨지는 경우에도 기쁨을 줄 수 있다는 사실을 최근에 발견했다. 정말 상상 초월이다. 혹시나 망가지기를 은근히 바랐던 아이가 아니었냐고? 그래서 손에서 미끈거려 빠져나갈 때 일부러 다른 곳을 보고 있지 않았냐고? 고양이가 다니는 길에 의도적으로 위태롭게 놔둔 것은? 절대, 절대, 아니다. 단언컨대 너무도 소중한 접시였다. 어마어마한 비탄과 자책에 곧바로 휩싸인 것을 상기해 보면 알 수 있다. 간수를 단단히 하지 않은 안일함을 탓하고 또 탓했다, 다시 구할 방도도 없었기에.

하지만 절망의 나락에도 한 줄기 빛은 찾아드는 법! 누군가 깨진 그릇이 있으면 달라고 한 것이 생각났다. 뭘 배우고 있는데 연습할 것이 필요하다고. 지인 도예가분이 파손된 작품을 너무도 멋지게 살려 내고 있던 한 장면이 머리를 스쳐 가기도 했다. 동시에 얼마 전 이가 나가서 위험할까 봐 신속히 버린 크리스털 잔과 두 동강이가 나버려 증거 인멸 차 신문지에 싸서 처리한 작은 디저트 접시가 떠올랐다. 나는 살릴 수 있는 아이들을 포기한 거였다!

'킨츠키'라는 공예기법을 적용하면 깨진 부분을 붙이는 것을 넘어서서 나만의 장식까지도 할 수 있다. 평판이 좋은 선생님의 원데이 클래스에 참가 신청을 했다. 깨는 데만 전문가인지라 금손을 어렵사리 섭외하여 대신 보냈다. 일단 큰 접시인데다 깨진 조각이 많아서 역대급 작업이 되었다고 한다. 차마 못 버리고 모셔두고 있던 다른 큰 접시까지 1+1으로 들려 보냈으니 선생님이 기겁을 하신 건 당연한 일. 금손을 정중히 택시로 작업실에 모셔다드린 후 수업이 진행되는 5~6시간 동안 곰손은 동네를 배회하며 시간을 때웠다.

고강도의 작업에 지쳐 버린 금손의 눈초리가 깨진 접시의 선만큼이나 날카롭다. "이제 너는 원천기술의 보유자가 되는 거야, 세상에 기술을 가지는 것만큼 든든한 것은 없단다. 앞으로 평생 접시가 깨져도 걱정 없지 않겠니?"라고 회유해 본다. "난

앞으로 접시가 깨지면 그냥 버릴 거야!"라는 답이 돌아온다. 이 정도의 까칠한 반응은 감수해야 한다.

이어 붙인 조각의 틈새를 메꾼 옻이 채 마르기도 전에 이번에는 유리 화병을 깼다. 산산조각이 난 유리의 파편이 심장에 박힌 듯 따끔거린다. 든 자리는 몰라도 난 자리는 티가 난다고 하지 않나. 우리 집에는 새로운 화병이 필요하다. 깨진 그릇은 아픔과 함께 은밀한 기쁨을 가져다준다.

술 취한 새우

Drunken shrimp

~~~~~~

1. 녹두 당면을 삶아 액젓 베이스의 새콤달콤한 소스에 버무린 후, 새우, 고수, 파프리카 등을
얹어 준다.
2. 양념한 돼지고기를 각종 채소와 함께 볶는다.

오랜만에 인근 재래시장에 갔더니 살아 있는 새우를 팔고 있었다. 작은 다리들을 쉼 없이 움직이고 있는 모습이 귀여운데다 제 철이라 가격도 좋았지만 집까지 가져갈 자신은 없었다.

남의 나라 재래시장에서 장보기는 쉽지 않다. 일단 언어의 장벽이 가장 큰 문제이다. 오래전 홍콩에서 2년을 사는 동안 마트가 아닌 곳에서 장을 본 경험은 많지 않았다. 낯선 것에 대한 두려움 때문에 골목 골목을 누빌 엄두를 내지 못했다. 노천 시장은 대체로 눈요기의 대상이었다. 처음 보는 채소나 신기한 열대 과일을 구경하는 정도였다. 중국에서 온 채소들의 농약 잔류문제가 연일 보도되고 있던 탓도 있었다. 어느 나라나 한 자락을 걷고 보면 문제투성이인 건 비슷하다.

어느 날, 용기를 내서 살아 있는 새우 한 봉지를 샀다. 현지 주부들 사이에서 '드렁큰 슈림프'에 관한 소문을 들었기 때문이다. 살아 있는 새우에 술을 붓고 찌는 간단한 요리다. 술 취한 새우라니⋯ 제법 낭만적인 이름이 아닌가. 하지만 현실 새우들은 비닐봉지 안에서 이리 뛰고 저리 뛰며 점프를 해대는 통에 초보 주부의 혼을 쏙 빼놓았다. 봉지를 차마 버리지도 못하고 비명을 삼키며 집까지 태연히 걸어가는 것은 얼마나 힘들었는지. 과정이 너무 고되었던지 술 취한 새우는 그저 싱싱한 새우 맛 정도였던 것 같다. 내가 먼저 혼절 수준으로 나가떨어져 버렸다.

참 모순적이다. 신이 나서 구입해 놓고는 조리할 때는 빨리 안 죽는다고 곤란해한다. 꽃게들도 꽤나 몸부림을 친다. 손질하려면 같이 몸부림을 칠 수밖에 없다. 냉동에 넣어 기절시키면 된다는데 그걸 모르고 상자에 놔두니 밤새 움직여 심장이 오그라든 적이 있다. 아침에 일어나 그 고통의 흔적을 보니 이런 걸 먹는 게 과연 내 몸에 좋을까 싶었다. 갑각류도 고통을 느낀다는 뉴스를 본 이후에는 더 고민이 깊어진다. 살아있는 생물과 대치해야 하는 요리담당자의 운명을 피할 수도 없고.

동해안 어느 포구에서는 플라잉 슈림프(flying shrimp)와 대면했던 일도 있었다. 발버둥 치며 접시 위를 날아다니는 새우를 잡아 껍질을 까먹는 것은 여러모로 특별한 경험이었다. 먹는 즐거움이, 과정의 고단함과 뭔지 모를 미안함을 많이 앞서는지는 모르겠다. 달콤하지만 뒷맛은 쏩쓸하기도 한 생새우의 맛이었달까.

고수와 함께 피쉬 소스로 버무린 녹두 당면 위에 얹은 것은 냉동 새우다. 맛술을 넣어 익혔으니 드렁큰 슈림프의 아류라 치자. 이 새우도 한때는 대양을 누볐을 텐데 (자연산이라 하니) 이제 얌전히 맨살로 국수 위에 누워 있다. 다행히 새우와의 심장 떨리는 맞대결은 피했다.

갑각류에 대한 나의 애정과 고민은 계속될 것이다. 해물 요리는 특히 싱싱함이 생명이지만 무엇이든 고통의 시간은 짧으면 좋을 것 같다. 거대 생물체가 우리를 먹으려 할 때 자비를 기대하는 건 헛된 일일까? 정말 '쓰잘데없는' 생각이기를.

민트잎이나 바질잎을 설탕,
레몬즙과 함께 얼렸다가
속을 파낸 레몬껍질에
담는다.

계절과 교감하는 요리

Four Seasons of Flavor

개화기

Blossom time

계절과 교감하는 요리

그릇에도 철이 있다고? 크리스마스 에디션 마냥 우리 집에
는 봄 찻잔들이 있다.

시어머니가 쓰시던 오래된 찻잔 세트의 제목은 Blossom
Time. 일찌감치 사전 증여받은 이 아이들은 오랜 암흑기를 거
쳤다. 햇병아리 주부에서 나름 취향을 가지게 되면서, 또 육아
로 마음의 여유가 없다는 이유로, 오랫동안 꽁꽁 싸매져 상자 속
에 들어 있었다. 양가 어머니들 덕택에 주방 사이즈에 비해 그릇
이 턱없이 많은 것도 이유였다. 고백건대 잠시 잠깐! 나쁜 마음
을 먹은 적도 있었다. 어둠을 뚫고 나와 당당히 그릇장의 로열층
을 차지하고 있는 지금이 바로 '개화의 때'. 자주 사용해주면 좋
겠지만 나의 손길을 바라는 수많은 잔들의 견제 덕에 애정 담긴
눈인사만 가끔 하는 편이다. 승은을 바라는 여인들을 앞에 둔 왕
처럼, 잔을 고르느라 얼마간의 시간을 사용한다. 딱 내 맘에 드
는 건 얼마 안 된다는 것이 어디서든 잔을 보면 끌리는 내 '다정
한' 기질에 대한 변명인 걸까? 그래도 이 계절, 봄에는 노골적으
로 유혹하는 '개화'의 잔에 좀 더 충실해야겠다.

꽃은 아니지만 미나리도 개화를 맞고 있다. 제철에 먹어야
질기지 않고 영양도 더 많다. 어릴 때는 특유의 향이 싫어서 어
른들 채소라고 생각했는데 이제 내가 바로 그 '어른'이다.

오늘은 싱싱하고 연한 미나리를 데치지 않고 샐러드로 만들

었다. 아직은 제맛을 모르는 아이를 위해 연근을 얇게 잘라 바싹 구워 얹어 주었다. 파인애플즙을 넣어 연하고 달콤하게 만든 달래장으로 드레싱을 대신한다. 피를 맑게 하고, 간에 좋으며, 콜레스테롤을 낮춘다는 미나리는 어쩔 수 없이 어른의 채소. 아는 술꾼들이 미나리를 애지중지하며 "우린 이런 걸 많이 먹어 줘야 해!" 다짐하기에 "술을 안 드시면 될 텐데요?" 응수한 적이 있다. 하지만 나 역시 해독이 필요한 어른인지라 어쩔 수 없이 미나리를 일단은 집어 들게 된다. 비록 집에 와서는 잎이 노랗게 변하도록 방치하는 일이 잦기는 하지만.

미나리를 대량 섭취하려면 을지로의 한 유명 주점에서 하듯, 잔 건새우를 잔뜩 섞어 부치는 방법이 있다. 웨이팅 지옥을 뚫고 겨우 비집고 들어가, 앳된 청년이 수북이 쌓인 미나리를 능숙하게 부쳐 내는 것을 구경한 적이 있다. 집에 와서 해보니 대충 비슷하게 되기는 한다. 기름은 많이 쓰지만 밀가루는 조금 들어가서 나름 안심이다. 사찰음식 스타일로 팬에 미나리를 풍성히 펼쳐 놓은 후 감자를 갈아 물기를 짠 후 접착제로 쓰는 방법도 있다. 쫀득한 감자 맛이 미나리와 잘 어울린다.

꽃이 사람들을 소 몰듯 이리저리 끌고 다니는 계절이다. 벚꽃 명소만 찾아다닌다는 캠핑족도 있다. 만발의 시간을 한껏 누리는 것은 의외로 쉽지 않다. 이미 핀 꽃을 붙들어 맬 방법이 없어 바람에 흩날리는 걸 애틋하게 바라만 볼 뿐이다. 꽃도 채소도 심지어 그릇도 철이 있다. 그 기간이 짧을수록 더 아쉽고 짜릿하다. 놓치지 말고 누리는 게 덜 손해다.

생각해 보니 미나리는 이래저래 '개화' 확정이다. 영화 제목으로도 유명해졌으니. 정말 개화의 때는 알 수 없는 건가. 빛도 못 보던 찻잔이 햇빛 샤워 제대로 누리고, 깨질 새라 얼른 씻겨 그릇장에 고이 모셔지는, 그런 반전의 Blossom Time! 우리에게도 없으란 법 없다.

~~~~~~
1. 생미나리를 먹기 좋게 잘라 접시에 깔고, 얇게 저며 구운 연근을 위에 얹는다.
2. 달래, 간장, 파인애플즙, 마늘 등을 섞어 양념장을 만들어 뿌려 준다.
3. 유부 안에 맛살, 채소 등을 채워 넣고 자색 고추 등을 햄으로 말아 잘라 준다.

초당옥수수

Super sweet corn

초당 옥수수에 치즈 가루 뿌려 굽고 방울토마토와 바질잎을 곁들인다.

계절과 교감하는 요리

식감이 아삭하고 달달한 초여름의 옥수수, 초당이가 영어로는 이렇단다, super sweet corn.

옥수수는 밀, 쌀과 더불어 세계 3대 곡물이며 다양한 활용도로는 단연 1등이라고 한다. 손이 많이 가지도 않고 아무 데서나 잘 자라는 가성비 좋은 곡물이다. 기름, 전분, 팝콘, 강냉이, 타코, 버번 등 다양한 모습으로 존재하며 심지어 에너지화할 수도 있어 변신의 귀재다. 소, 돼지 등 동물의 사료로 쓰여 고기의 전신일 수도 있겠다. 제주도에서 날아 온 슈퍼 스윗한 옥수수 한 보따리를 혼자 다 먹고 머쓱했건만 실은 그보다 더 많은 옥수수를 나도 몰래 해치우고 있었던 거다.

여간해서는 물리지 않는 옥수수는 다 같이 모여서 먹으면 더 맛있다. 여름 동네 번개 모임 단골 메뉴다. 사카린과 소금을 넣어 찐 찰옥수수는 씹는 맛이 일품이다. 초여름 초당이가 휩쓸고 간 자리를 전통의 강자 찰옥수수가 되찾을 시간이 머지않았다. 터줏대감의 위엄은 말해 뭐해. 짬뽕과 짜장면 사이에서처럼 고뇌하지 않아도 되어서 다행이다. 시차를 두고 우리 앞에 나타나는 센스쟁이들이므로.

옥수수의 효능에서 눈에 띄는 것은 다이어트나 혈당 관리에 좋다는 것이다. 하지만 반갑기 그지없는 이런 장점들 뒤에 언제나 따라붙는 말은, '과식은 금물!' 뭐죠, 칼로리 낮다면서요? 인류를 기아에서 구원해 준 고마운 먹거리들에 비만까지 책임져 달라는 건 억지일 거다.

　우리의 귀염둥이 옥수수가 완벽해질 방법은? 단백질을 곁들이는 것이다. 사실 무엇을 더하지 않아도 되는 맛이다. 찰옥수수도 밭에서 수확하여 바로 찌면 아무 간도 필요 없다고 한다. 그래도 영양에 관한 충고를 받아들여 단백질과의 적극적 만남을 시도한다. 버터, 마요네즈 등으로 풍미를 내는 '마약 옥수수' 스타일을 흉내 내어 곱게 간 치즈를 얹는다. 빨간 방울토마토와 초록 바질을 곁들이니 예쁜 노랑이 더욱 돋보인다. 삶은 달걀을 듬뿍 얹은 다채로운 잎들의 샐러드 한 접시도 따로 준비한다. 메인 요리로 소고기 조각들과 길쭉한 브로콜리니, 칼로 쓱쓱 밀어낸 초당 옥수수 알갱이들을 함께 볶아 준다. 통조림이 아닌 생물 옥수수를 이용할 수 있는, 제철이 주는 특권을 마음껏 사용하자.

　주식인 듯 부식인 듯 디저트인 듯 헷갈리는 전천후 슈퍼 곡물 옥수수. 7월에 꼭 맛보아야 할 먹거리라고 한다. 자꾸만 빈 자루가 쌓여 간다. 여름이 끝날 무렵에는 밭 하나를 통째로 먹어 치울지도 모르겠다.

소고기, 브로콜리니,
옥수수 알갱이를 함께
볶아 준다.

라디치오, 초록 잎채소,
삶은 달걀 위에 드레싱을
뿌려 준다.

여름아 물렀거라!

Step aside, summer

계절과 교감하는 요리

선풍기와 독대하는 시간이 많아졌다. 세상엔 회전하는 플라스틱 날개와 나만 오롯이 존재하는 듯하다. 이것은 진정 선풍기인가, 온풍기인가 헷갈릴 무렵, 문득 두려워진다, 삶은 나물 신세가 되는 건 아닌지. 극심한 더위에 벌레들은 몸이 익어 죽어간다고 하니.

양극화 세상답게 추위에 몸이 오그라드는 분들도 있다고 한다. 조절할 수 없는 냉방 탓에 급기야 전기난로를 켜기도 한다고. 언젠가 더위 피하려 미술관 갔다가 냉기에 쫓겨나온 경험이 있어서 이해는 간다. 집안에서 혼자 에어컨을 독차지하는 게 미안하면 나가서 공유하는 방법도 있는데 그조차 큰맘을 먹어야 한다. 집에서 핫요가를 시작할 적기일지도 모른다.

집에 머무는 시간이 길고 겨우 숨만 쉬고 있는 경우라면 퀄리티 있는 생존 요리가 필요하다. 시간과 노력은 적게 들면서 설거지는 최소화할 한 그릇 음식은? 흘린 스웻(sweat)을 벌충해줄 스윗(sweet)하고 시원한 아이템은? 아마도 면 요리가 아닐까 싶다. 밥에 비해 차갑게 먹을 방도가 조금 더 많아 보인다. 생면을 이용하면 불 사용을 줄일 수도 있다. 해초국수나 곤약국수처럼 익힐 필요조차 없는 것도 있다. 여름의 믿는 구석인 각종 과일도 적극 활용할 수 있다.

요 며칠 국수 몇 가지를 만들어 보았다.

1. 이웃에서 나누어준 신기한 자두를 조각내어 접시에 빙 두른다. 겉은 초록인데 속은 붉다. 새콤과 달콤을 넘나드는 맛이다. 오이는 채칼을 이용해 길고 얇게 저며낸다. 바질 페스토와 비건 마요네즈를 얹어 비벼 먹으면 거의 파스타? 치즈나 요거트와의 조합도 좋을 것 같다. 극강의 다이어트 중이라면 적극 추천. 배가 금세 꺼지는 걸 방지하려면 견과류 등으로 보충하면 된다. 유사 국수들도 인정 못 하겠는데 오이 따위가 면을 대신한다고? 더 이상 스스로를 속이고 싶지 않을 때, 혹은 속아 넘어가지 않을 때 짜잔, 진짜 면을 사용한다. 요즘은 한동안 멀어졌던 쫄면과 다시 친해지는 중이다. 시판 생면은 1인분도 꽤 양이 많다. 독하게 맘먹고 반을 덜어낸 후 다른 성분으로 채워 넣는다. 라면 반쪽에 각종 채소와 버섯류를 듬뿍 넣는 것과 비슷한 욕 먹는 방식이다. 닭가슴살, 삶은 달걀 등을 첨가하면 균형 잡힌 한 끼가 될 수 있다.

2. 얼마 전에 대량 구매한 박하잎을 전방위적으로 사용 중인데 새콤달콤 냉국수에도 제법 잘 어울린다. 여름과 특히 잘 어울리는 허브다. 내 맘대로 조합한 육수 혹은 채수도 성공만 하면 만족도가 높다. 적양배추 초절임에서 남은 국물과 살구 피클 물을 섞어 보았다. 피클을 만드신 분이 냉면 육수로 쓰면 좋다고 하셨는데 사실이었다.

3. 딸기 우유에 뭔 짓을 한 거냐고 소스라칠 필요는 없다. 베

이비 핑크를 꿈꾸다가 실패해서 그렇지, 뽀얀 콩물에 새우 삶은 물을 섞고 잣까지 갈아 넣은 진정한 몸보신용 국수다. 반 덜어 놨던 국수를 이용해 만든 것이라 나름 1+1이다. 익힌 새우는 까면서 주워 먹고 귀하신 분들께도 진상한 터라 흔적은 남아 있지 않다. 그래도 국물에 감칠맛과 달콤함을 남겨 주었다. 먹을 자격 충분한, 오히려 보신이 필요한 분들은 그쪽으로 정진해야 한다. 그래도 어쩌다 시체 모드가 될 때는 나만의 생존 요리를 만들며 잠시 몸과 뇌를 활성화해 보자.

명절은 코끝으로 온다

Holidays at the tip of your nose

〰〰

1. 맛살, 자색 양파, 풋고추, 버섯, 소고기 등으로 전을 부쳐 낸다.
2. 간장게장의 살을 발라내 양파, 오일, 식초 등과 함께 버무린다.

계절과 교감하는 요리

내가 사는 아파트에는 평소 음식 냄새가 많이 나지 않는다. 집마다 다이어트가 시급한 모양이다. 그래도 예외가 있으니 그건 명절 때이다. 고소한 기름 냄새, 고깃국 향기가 솔솔 코끝으로 감지된다. 이웃이 나눠준 송편으로 추석은 퉁치려고 했는데 뱃속이 제대로 반응한다, 빨리 뭔가를 넣어 달라고. 예로부터 내려오는 미풍양속, 절기는 지켜야 하지 않겠냐고. 좋아, 그렇담 이제부터 무얼 해야 하지?

즐거웠던 추석의 기억으로는, '가문의 영광'을 제대로 누렸던 어떤 이벤트가 떠오른다. 나의 친정은 셰프님께 인정받은 송편 달인 집안이다. 보통 가정처럼 명절에는 3대가 모여 허리 휘도록 차려 먹다가 엄마가 제일 고생하신다는 걸 깨닫고 나가 먹기를 실행하고 있다. 어느 해에 간 식당에서는 추석 이벤트로 가족 대항 송편 빚기 대회를 개최했다. 엄마와 올케가 고부 한 팀으로 참여했다가 어찌 된 일인지 우승을 해버렸다. 전통 송편의 모양을 잘 구현했다는 심사평을 들었다. 송편 위에 꽃을 만들어 붙이며 꼼지락대던 우리 집 아이는, 완성은 늦었으나 예술성을 인정받아 예정에 없던 셰프님 특별상을 받는 영광을 누렸다. 졸지에 우리 가족이 상을 싹쓸이했다. 칸 영화제에서 황금종려상과 심사위원대상을 동시에 받은 기분이랄까. 우리 자신도 잘 몰랐던 재능을 남이 알아준 귀한 추억이 되었다. 그때 받은 거북이 새겨진 은수저 세트는 그날의 영광을 잘 증명하고 있다.

명절 음식의 꽃은 아무래도 전이 아닐까 싶다. 동시에 애증의 대상이기도 하고. 보통 진두지휘하시는 어머니들의 손이 크셔서 미션의 수행자들은 진이 다 빠져 버린다. 빈대떡만 몇백 장 부쳤다는 증언도 들은 바 있다. 그래서일까? 평소에는 잘 안 하게 되는 음식이기도 하다. 내가 안 했을 때 가장 맛있는 음식! 교포 사회의 바자회 등의 행사에서도 고정 인기 메뉴는 빈대떡이나 김치전, 파전, 부침개 등이다. 외국인들에게도 성공확률 100%, 믿고 대접할 수 있는 메뉴가 바로 전이다. 맛은 보장인데다 종류도 다양하고 색도 고우니 요리 내공 얕은 이들도 조금 훈련하면 도전해 볼 만하다. 명절에 남자들이 굴전 같은 걸 부치는 풍경은 얼마나 훈훈한가. 안 해봐서 그렇지, 시키면 잘할 수 있다. 라면도 제대로 못 끓이던 이가 엉뚱하게 과일을 잘 깎는 숨겨진 재능을 발견하게 되는 때가 손이 부족한 명절이다.

역시나 한 접시의 전에도 공이 많이 들어간다. 괜히 특별한 날 먹는 것이 아니다. 때를 놓쳐 점점 짜져만 가는 간장게장을 이용해 게살 타르타르를 만들어 본다. 살을 바르는 데 꽤나 많은 시간과 노력이 필요하다. 준비한 사람보다는 놀고 있던 사람에게 더 맛있는 메뉴이다. 눈치 없는 이가 기껏 만들어놓고 왜 안 먹느냐고 묻는다. 당 충전이 필요한 나는 과일에 손이 먼저 간다. 게로 유명한 홋카이도의 어느 뷔페식당 안, 한 무더기 게 앞에서 입맛만 다시고 있던 한국 남성분이 기억난다. 그는 아무래도 어머니나 아내 없이 혼자 출장이라도 온 모양이었다. 그러게,

어른들 말씀에 기술은 익혀 두는 게 좋다고 하지 않던가. 귀하게 자란 티를 팍팍 내던 그분은 끝내 홋카이도 게 맛은 알지 못했을 확률이 높다.

몸 바쳐 수고하는 분들이 있어서 배부른 명절, 보름달만큼 부푼 배를 두드리게 될 이 명절 연휴를 슬기롭게 지내는 방법은? 실컷 먹고 가족들끼리 막춤 경연대회라도 열어 보면 어떨까. 분위기도 후끈 달아오르고 소화제도 절약하게 될 것이다.

초록 피망 안에 고기전
반죽을 넣어 부친다.
천도복숭아도 구워서
함께 낸다.

황금 배의 꼭지 부분을
모양 나게 파낸 후 과육을
동그랗게 떠내 레몬즙으로
버무린 후 다시 담는다.

어쩌다 크리스마스

Accidentally Christmas

계절과 교감하는 요리

작년 크리스마스는 어땠던가? 슬프게도 잘 기억이 나지 않는다. 산타의 방문이 끊긴 지는 오래다. 색다른 이벤트를 찾느라 고심하던 시절도 졸업했다. 지난 추석이나 설 명절을 돌아보는 일은 별로 없는 것 같다. 너무 많이 먹은 것을, 혹은 먹지 않은 것을 후회하는 정도? 크리스마스는 왜 늘 특별해야 하는지 모르겠다. 아무 계획도 없으면 어쩐지 아쉽다.

크리스마스의 추억은 주로 먼 과거에 몰려 있다. 집에 그냥 가기는 아쉬워 친구들과 학교 앞 카페에서 싸구려 칵테일을 마셨던 기억이 난다. 평소에는 음주 가무를 귀찮아하던 무미건조한 처자들이 나름 크리스마스에 예의를 갖춘 것인가. 그러고 보니 크리스마스이브에 학교에는 왜 갔는지 모르겠다. 어두컴컴한 카페 안에는 캐럴이 아닌 장엄한 록 음악이 흘렀고 칵테일의 이름은 얼마간 노골적인 것들이 많았다. 총체적 부조화의 마침표는 분홍 조명이었다. 털어도 먼지조차 안 나는 청춘의 크리스마스 추억이라니.

더 거슬러 올라가 봤자 산타가 오는지 감시하다가 잠이 든 기억 정도가 전부다. 처음 보는 새 양말 속에는 귤과 과자가 들어 있었다. 꽤 냉철한 어린이였던 나조차 산타의 존재는 긴가민가했다. 믿고 싶었나 보다.

크리스마스라는 좋은 핑계가 있어서 '뷔슈 드 노엘', 크리스마스 장작(모양) 케이크를 만들어 보았다. 좀 투박하고 뚱뚱한 모양이 되어 버렸지만 맛은 성공적이다. 어머니의 오래된 크리스마스 접시 위에 막 구워낸 초코 장작을 얹으니 훈훈하고 뿌듯하다. 딱 맞춰 방문한 손님도 맛있다고 엄지척을 해준다. 크리스마스까지 버틸 재간 없이 장작은 흔적도 없이 사라져 버렸다.

크리스마스가 완벽했던 적은 없다. 지붕 위 눈이 생크림처럼 흘러넘치는 화이트 크리스마스도 흔치 않다. 빨간 코 루돌프가 끌고 다니는 썰매는 어찌 된 일인지 UFO보다도 더 관찰이 어렵다. 교통체증 뚫고 조용히 다니는 산타는 현관 비밀번호는 어찌 알고 아이가 노래를 부르던 잇템을 콕 집어 놓고 간다. 경비가 허술한데도 어느 집에는 발도 안들이고 쌩하니 패스해 버리기도 한다. 어린이날 못지않게 부모들 가슴 쫄깃하게 하는 크리스마스는 또 어떻게 무사히 지나가려나.

고맙게도 자주 크리스마스에 초대해 주는 가정이 있다. 덕분에 설렐 수 있다. 집에서 우리끼리 값비싼 음식을 부려놓는다고 해도 다른 이들과 웃고 떠들고 경쟁하며 먹는 맛에 비할까. 미식가 호스트는 야심 차게 쟁여 놓은 각종 진미를 객식구들에게 아낌없이 빼앗긴다. 그분의 새 아이템 쇼핑 재미를 위해 이 한 몸 바칠 각오가 되어 있다.

아무것도 안 했을 리는 없다, 크리스마스에. 멋진 추억들이

저질 기억력 탓에 소환이 안 되고 있을 뿐. 아이에게 기억나는 크리스마스 추억을 캐물으니 매우 생소하다는 표정을 짓는다. 여기에도 갔었고 또 저기도 데려갔다고 항변하였으나 기억에 없단다, 이럴 수가. 나와 비슷한 기억상실? 벌써? 행복한 일이 없었을 리가. 이번 크리스마스도 분명 멋질 것이다, 늘 그래왔듯.

～～～～
소고기, 버섯을 각각 볶고
곡물류와 함께 낸다.

봄, 곧 도착 예정

Spring, arriving shortly

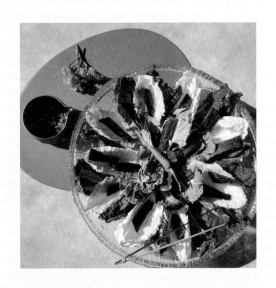

~~~

1. 접시에 자색 배추, 알 배추, 봄동을 꽃처럼 펼쳐 놓고 과메기를 얹는다.
2. 기호에 맞게 양념장을 곁들인다.

　　　　　　　　　　　　　　계절과 교감하는 요리

택배회사에서 문자가 온다. 곧 고객님의 소중한 물품이 배달될 거라고. 발송인의 이름이 낯설다. 상품명도 없다. 뭐지? 주문한 기억은 없지만, 혹시 애써 기억을 지우고 있는 건지도 모를 일. 설레는 마음으로 기다리기로 한다. 나쁜 일은 예고 없이 찾아오니 그런 장르는 아니겠지?

요즘은 여러모로 계절 파괴의 삶을 살고 있지만 또 여전히 자의로든 타의로든 계절과 엮일 수밖에 없다. 얄팍하고 화사한 봄옷들이 한번 입어나 보라며 손짓하고, 얼리버드 여름휴가 일정이 부지런히 도착한다. 사랑이 많은 엄마들은 냉이 씻기 지옥에 자진해서 빠져든다.

진공포장 과메기를 색이 고운 쌈배추, 봄동과 함께 꽃처럼 담아 본다. 기분 탓인지 한겨울에 먹던 것보다 딱딱한 것 같다. 보내줄 때가 된 것인가… 아직은 겨울 이불을 배만 덮다가, 걷어차다, 다시 덮고 있지만 곧 얇은 봄 이불로 바꿀 시기가 올 테지.

저 요리사의 솜씨 좀 보게
누가 저걸 냉동 재룐 줄 알겠나
(…)
꽝꽝 언 냉장고에서 꺼낸 것이라네
아른아른 김조차 나지 않는가
(반칠환, 「봄」, 『웃음의 힘』 중에서)

꽝꽝 언 냉장고에서 꺼낸 재료를 아른아른 김조차 나게 만드는 대단한 요리사, 감히 도전장은 무리겠다. 늦여름에도 우박을 왕소금처럼 뿌려 주시는 대자연 요리사님의 능력에 토를 달 수는 없다. 그저 내주시는 대로, 감사히 먹겠습니다, 셰프님.

택배도, 봄도 부지런히 달려오고 있겠지. 이미 알고 있는데도 퍽이나 갑작스럽게.

p.s. 심드렁하게 만드는 장르의 물품에 4천 원 착불비까지 내야 했다.

미나리, 쌈배추를
잔 보리새우와 함께
밀가루 소량으로 버무려
팬에 부친다.

초록 잎채소, 햄, 견과류
등을 얹고 드레싱, 치즈
가루를 뿌려 준다.

살 빼기 책임지는 요리

Light and Lively Dishes

나만의 샐러드

My personal salad

살 빼기 책임지는 요리

잃어버린 15년 전 몸무게를 찾아준 공을, 샐러드에만 돌리는 것이 합당한지 모르겠다. 하지만 그 '쑥과 마늘의 시간' 동안 샐러드는 전에 없이 우리 집 식탁에 자주 등장하였다. 반환점을 돌고 다시 서서히 돌아오고 있는 지금 (아직은 여유가 있어서인지) 샐러드는 생존 음식을 넘어선 연구와 실험, 혹은 애정의 대상이다.

사라다와 샐러드의 차이는 마요네즈의 유무인 것 같다. 내가 처음 경험한 타국, 프랑스에서는 샐러드를 참 많이 먹고 있었다. 신기한 것은 우리네 냉장고에는 유통기한은 지났을망정 웬만하면 한 통은 있던 마요네즈 대신 맑은 드레싱을 쓰고 있었다는 점. 제조 방법이라고는 기름과 식초를 잘 섞는 정도였다. 각종 채소와 함께 참치나 삶은 달걀 등을 넣어 한 끼가 될 정도로 든든했다. 노천카페에는 수북이 쌓인 샐러드가 한 끼 식사인 여자들이 눈에 많이 띄었다. 세상에나 샐러드가 밥이라니. 그건 정말 문화 충격이었다. 아침부터 한 상 가득 차려진 밥을 먹고 자란 나로서는 이해가 안 갔다. 하지만 곧 적응했고 그 기본 샐러드를 꽤나 자주 먹었다. 한국에 돌아와서는 그저 잠시의 만남이어서인지 이별의 여운이 길지는 않았지만.

고기도 상추에 잘 싸 먹지 않던 내가 샐러드와 다시 정략적으로 만나게 된 데에는 구슬픈 사연이 있었음은 물론이다. 소개로 만난 사이도 사랑하게 될 수 있다, 상대가 아주 훌륭하다면.

샐러드에 반하기는 어렵지 않다. 장점이 너무 많기 때문이다. 일단 재료에 큰 제약이 없다. 푸른 잎만이 샐러드라는 편견은 버리자. 다양한 채소뿐 아니라 곡물이나 고기, 해산물, 어쩌면 세상의 모든 먹거리가 샐러드의 재료일지도 모른다.

샐러드에 관심을 두게 되면서 자연스레 식재료에 눈길이 간다. 새로운 것, 예쁜 식재료를 찾게 되고 또 어떻게 조합할 것인지, 드레싱은 어떤 것으로 할 것인지를 고민하게 된다. 세상의 모든 음식이 다 그러할 것이지만 샐러드는 특히 더 유연한 접근이 가능한 것 같다. 내 식으로 하면 다 '나만의 샐러드'인 것이다. 우리의 밥도 프랑스에서는 샐러드였다. 물론 물에 팔팔 끓여 끈기를 없앤 익힌 쌀에 소금과 기름, 식초, 파프리카 같은 채소를 섞어 차게 먹는 것이다. 이거라도 얼마나 반가웠던지. 미국인 가정에 바비큐 초대를 받은 적이 있었는데 샐러드를 10가지 이상 내놓아서 신기했었다. 사실 무한대의 조합도 가능한 것이 샐러드다, 우리네 반찬이 그런 것처럼. 요즘 재미 붙이고 있는 것은 웜 샐러드. 익힌 재료들을 따뜻하게 먹다가 식으면 그런 채로 먹을 수 있어서 좋다.

땅콩호박과 비트에 기름을 바르고 오븐에 구운 후, 접시에 빙 둘러 담고 페타치즈를 뿌리는 과정은, 시간은 좀 들지만 재미있다. 아티스트가 된 것처럼 재료들을 내 맘대로 조합하고 새로운 색을 만들어 낼 수도 있다. 열혈 농부님들 덕분에, 새로운 채소들의 신기한 색감이나 무늬가, 먹는 재미와 함께 보는 재미를 준다. 지금 너무 시간에 쫓기는 형편이 아니라면, 주말 정도는 어린 시절로 돌아가 미술 놀이가 해보고 싶다면, 가장 쉬운 나만의 샐러드 만들기에 도전해 보라고 권하고 싶다. 해보니 재밌다. 실패는 없다. '미완의 혁신'이라고 우기면 된다.

세상에 하나밖에 없는 음식은, 평가를 주저하게 한다. 꽤나 고마운 장점이다.

〰〰〰

1. 오일, 소금 뿌려 구운 땅콩호박과 비트를 아보카도와 함께 담고 페타치즈를 뿌려 준다.

2. 가래떡을 채소, 고기와 함께 볶고 연근 절임을 곁들인다.

냉장고 다이어트

Refrigerator diet

어묵, 삶은 달걀, 채소 등을 고추장 양념에 볶는다.

살 빼기 책임지는 요리

'배고프기 전에는 먹지 말라!'

다이어터들이 지켜야 할 생활 수칙 중 하나이다. 아, 그래서였나? 늘 배고픔에 '선제적 대응'을 했었는데 그러면 안 되는 거였다. 지나친 허기는 폭식에 이른다는 핑계로, 최선의 방어인 '공격'에 치중했던 지난 시절을 반성한다.

음식을 일종의 배터리로 여기며 배고프기 전에는 절대 안 먹는다는 이들도 있다. 끼니가 되면 밥을 먹어야 한다는 사실을 불편해한다. 조금 때 이른 식사라도 준비하면 눈을 동그랗게 뜨고 "벌써?"라고 놀라워한다. 식사 준비가 주요 업무인 입장이라 나의 칼퇴를 위해 다른 이들에게 식사를 강제한 적이 많다. 여러모로 반성의 여지가 크다. 소식을 하여 늘 가벼운 공복 상태를 유지하면 좋으련만 그것이 또 말처럼 쉽지는 않다. '지당한 말씀들'의 특징은 실천하기는 어렵다는 것이다.

아직까지 금식은 '미션 임파서블' 같으나 경미한 배고픔 정도는 즐기기도 한다. 요 며칠 바빠서 본의 아니게 냉장고에도 다이어트를 강요했다. 심지어 이웃이 특정 식재료를 좀 얻을 수 있냐고 물어 왔을 때, '없는 지 오래'라고 잘라 말할 수 있었다. '없이 사는 즐거움'을 조금은 알아가고 있달까. 냉장고 안이 비고보니 뭐가 있는지도 알게 되고(뭐가 없는지도 잘 알게 되는 게 문제지만) 오랫동안 잊거나 잃어버렸던 혹은 이상하게도 빨리 사라졌던 것들을 되찾게도 된다.

황학동 벼룩시장에서 인간이 만들어 낸 물건들의 방대함에 전율한 적이 있다. 금칠갑을 한 포효하는 거대 사자상을 비롯하여, 저걸 왜 만들었지 싶은 온갖 종류의 물건들이 놀랍게도 눈앞에 실재하고 있었다. 이 많은 걸 만들고 소비하는 것이 인류의 역사였나 싶게, 근본을 알 수 없는 잡동사니들이 재사용을 기대하며 차곡차곡 혹은 뒤죽박죽 쌓여 있었다. 홍콩에서 왔다는 천 원짜리 접시 몇 개를 모셔 와 초고추장 담는 용도로 딱 한 번 사용하였다. 정리하다 보니 비슷한 용도의 작은 접시가 나라 별로 여러 개 있다. 홍콩산은 없었으니 잘한 쇼핑인가? 눈에 밟혔지만 애써 외면한 레트로 양은 쟁반은 무늬가 흔치 않은 것이어서 지금까지도 마음에 남아 있기는 하다.

냉장고 밖 사정이 이럴 진데 냉장고 안, 붐비던 사정이야 오죽했을까. 공복을 견디지 못하는 뇌는 공복의 원인이 될지도 모를 냉장고의 텅 빔은 더더욱 견디지 못한다. 요 며칠 보급을 끊고 버티는데도 의외로 지낼 만한 것이 놀랍다. 심지어 한 상이 잘도 차려진다. 동네잔치도 가능할 것 같다! 초록이가 조금 부족한 것이 아쉽기는 하지만 한국인들은 색이 진한 채소의 섭취가 부족하다고 하니 이 기회에 뒤로 처지기만 했던 식재료들을 적극 섭취해야겠다.

멈추면 비로소 보이는 것들! 우리 냉장고 안에 의외로 많이 있다. 단, 다른 영역에서는 그냥 잰걸음으로 지나치는 것이 상책이다. 특히 인류문화의 보고이며 값이 헐한 벼룩시장에서는.

치즈를 얹어 구운 빵, 드레싱 없은 쌈배추 위의 색색 파프리카, 각종 채소와 함께 고추 기름으로 볶아 낸 훈제 오리, 채소와 마른 고추를 넣고 만든 파스타.

콩

Beans

〰〰〰

메밀면에 서리태 콩 국물 붓고 방울토마토와 오이를 올린다.

살 빼기 책임지는 요리

의지적으로 좋아하게 되는 것들이 있다. 나에게는 콩이 그렇다.

밥 속에 숨겨 둔 콩을 색출하던 시절이 있었고 여전히 입에서 살살 녹는 느낌은 없지만 어쨌든 인정하게 된 식재료다. 물론 대량 구매한 무가당 두유가 느리게 소비되고 있기는 하다.

콩국수는 무슨 맛으로 먹는 걸까? 늘 의문을 품다가 스스로 챙겨 먹기 시작한 것은 먼 나라 프랑스에서였다. 교민들 사이에서는 무가당 두유로 콩국수를 해 먹는 비법이 회자되고 있었다. 소금 맛으로나 먹던 콩국수를 해 먹겠다고 마트의 다이어트 식품 코너를 다 뒤졌다. 참 오래전인데도 다양한 콩물이 전시되어 있었다. 뒷모습만 보면 나이를 알 수 없었던 날씬한 그녀들의 몸매 비결이었던 걸까? 진한 맛, 가벼운 맛 등등 종류도 참 다양했다. 막상 먹어 보면 진한 맛이란 것도 내 (한국인) 입맛엔 너무 가벼웠다. 마치 동네 세신사 여사님 사포질에 단련된 몸이 우아한 이국의 아로마 마사지에 적응 못 하는 느낌이랄까? 그야말로 '너희가 콩 맛을 알아?'였다.

이국의 마트표 맹탕 두유에 국수 말아 먹던 열성은 눅진한 맛의 본향으로 돌아오자 자연스레 사그라들었다. 여름이면 어디가 콩국수 맛집이라더라, 소문은 들려왔지만 줄서기가 두려워 포기했다. 왜 맛집들은 한결같이 내 거주지에서는 먼 것인지.

오래 묵은 지방과 사투를 벌인 '쑥과 마늘의 시간' 동안 콩은 제법 나와 다시 친해졌다. 듣도 보도 못한 이집트 콩 한 자루까지 집에 들이는 경지에 이르렀으니. 전에는 두부를 한 팩만 집었는데 이제는 두 개씩 집는다.

재래시장까지 가서 공수해 오던 콩국물이 배달앱에 있더라는 이웃 주민의 제보로 흰콩과 검은콩 두 가지 버전으로 주문했다. 깔 맞춤을 위해 메밀국수를 삶아 조금 더 비싼 서리태 콩물을 붓는다. 소금을 넣지 않았지만 김치와 보리굴비가 간을 맞추어 준다.

첫눈에 반하지는 않았으나 장점에 이끌려 점점 좋아하게 되는 그런 의지적 사랑은 분명 존재하는 것 같다.

세상의 콩들아, 앞으로도 친하게 지내. 제발 나를 포기하지 말아 주렴.

라임즙, 민트잎으로 셔벗을
만든 후 라임 껍질에 담는다.

은밀하게 위대하게

Secretly, greatly

살 빼기 책임지는 요리

영화 <은밀하게 위대하게>의 주인공 방동구(김수현 분)는 밖에서는 똥 위에도 주저앉는 동네 바보지만 실은 무지막지하게 잘난 간첩이다. 보통은 겉과 속이 다를 때 속이 나쁜 경우가 많은데 비추어 이례적이다. 동구는 집에 오면 몸에 익은 '바보 허물'을 벗고 숨겨둔 근육을 뽐내며, 녹슬지 않도록 무예를 연마한다. 자신만의 은신처, 옥탑방 펜트하우스에서 동구는 은밀하게 위대해진다.

코로나 재택근무 덕에 살짝살짝 우리의 은밀한 사생활이 노출되었다. 화상회의 덕에 망신당한 이들이 한둘이 아니었다. 점잖은 고위직 신사가 위는 화이트 셔츠, 밑은 팬티 바람인 것이 들통나거나 더운 날 땀에 젖어 외출에서 돌아온 아내가 화상회의 중인 줄 모르고 남편 직장동료들 앞에서 반라가 되어 버리는 참사가 발생한다. 남 얘기만은 아니다, 수위에 다소 차이가 있을 뿐. 민낯에 부스스한 머리로 줌(Zoom) 회의에 들어갔다가 아차 싶었던 적이 있다. 마스크를 집에서까지 낄 수는 없는 노릇인데 대비를 못 했던 것이다. 물론 좋은 기능도 있었다. 지인의 거실 인테리어가 깔끔하게 달라져서 물어보니 배경 화면을 바꾼 것이란다. 나도 얼른 금문교로 바꾸었다. 어느 분은 대숲으로.

가장 사적인 공간에서 은밀하고 위대해질 때는 혼자 밥 먹을 때인 것 같다. 가식 1도 없이 식성과 본능에 충실한 혼밥을 위대(胃大)하게 만끽하는 일. 쉬울 것 같지만 꼭 그렇지도 않다. 정말 배만 채울 때도 있고 잔반 처리에 중점을 둘 때도 많다. 건강을 고려해 무언가를 제한하고 배제하려고 애쓸 때도 많으니 온전히 한 마리 짐승이 되기란 쉬운 일이 아니다. 우리 내부에 늘 켜져 있는 감시 카메라는 아주 잠시만 끌 수 있다. 그래서 가끔 나만 좋아하는 음식을 두 끼 먹을 각오로 주문할 때는 큰 해방감과 미세한 양심의 거리낌을 느낀다.

오늘의 요리는 모범답안 같은 한 끼다. 치즈 속에 파묻힌 흰살생선 조각들과 체리를 넣은 샐러드는 건강과 시각적 아름다움을 놓치지 않으려는 몸부림을 반영한다. 호밀 크래커 위에는 이제 거대한 한 봉지를 끝내가는 병아리콩 후무스를 발라 주었다. 맛은? 당연히 좋다. 누가 이렇게 차려 준다면 나도 잘만 먹는다.

동계올림픽 금메달 2연패를 달성한 최민정 선수의 인터뷰가 기억에 남는다. 어쩌면 평범한, 늘 들어 왔던 내용이기도 하다. 이제 당장 하고 싶은 일로, 맛있는 것 먹기와 잠 푹 자기를 꼽았다. 그 맛있는 것이 궁금해진다. 가벼우면서도 단단한 몸을 만들기 위해 섭취해야만 했던 '전투식량'들과는 꽤 다른 종류일 것이다. 자극적이고 달달하고 엄청 고소하면서 느끼한 무엇? 상상만 해도 기분이 좋아진다.

아무도 지켜보는 이 없는 데서 내 맘껏 먹는 한 끼! 그것이 가장 솔직한, 내가 원하는 메뉴인 건 맞다. 하지만 바라던 그런 한 끼, 위대해지는 한 끼는 몸이 힘들어한다. 맵고 짜고 달게, 맹수처럼 먹으리란 맘을 접고 정숙하게 차려 본 한 끼. 이대로 또 좋다. 나는 초식동물로 진화 중인가 보다.

두부의 변신은 유죄

Tofu's transformation is a crime

살 빼기 책임지는 요리

뒤늦게 배운 재밌는 표현이 있다. 유죄 인간! 너무 멋있어서 맘 아프게 하는 자, 유죄! 그렇다면 기꺼이 그 범죄의 희생양이 되고프다. 살신성인의 자세로 희생자를 자처하리. 두부의 변신도 유죄다. 심쿵을 유발하는 두부의 범죄를 돕고자 한다.

변신1

두부를 잘게 잘라 굽고 파프리카 가루를 뿌려 멋을 부린다. 거친 느낌을 내고 싶다면 굵은 고춧가루도 좋을 것이다. 궁합이 좋다는 해조류(쇠미역)를 깔고 익힌 비트를 얹은 후 미소와 디종 머스터드, 파인애플 식초를 섞은 소스를 뿌려 준다. 구워 놓은 두부를 올린 후 무순을 군데군데 뿌려 준다. 부재료를 더 살리고 싶다면 두부를 줄여도 괜찮을 것 같다.

변신2

주기적으로 면을 먹어 주어야 행복한 삶이 가능한 이들이 있다. 정제 탄수화물 다량 섭취가 문제라면 곤약면이나 두부면, 해조류면 등의 대안이 있다. 툭툭 끊어지는 통밀 파스타도 있지만 가족들의 온전한 지지를 받기는 힘들다. 통밀의 힘보다는 흡입량의 감소로 다이어트에 일시적으로 성공할 수는 있다. 비장한 각오로 저칼로리 면을 대량 구매했다가 두고두고 힘들게 소비한 경험이 있다. 안 보이는 척, 혹은 다른 식재료 뒤에 슬쩍 밀어 두는 식으로 유통기한 넘길 때까지 버텼다.

두부의 단백질로 만들었다는 면을 사서 한 봉만 먹고는 이상하게도 아껴 두고 있었다. 의지로도 입맛이 말을 듣지 않는다면 소스의 도움을 받을 수밖에. 식물성 마요네즈에 이것저것 섞어 듬뿍 비벼 주니 남부럽지 않은 칼로리와 맛을 겸비한 하얀 비빔면이 된다. 주위를 둥글게 대저 토마토와 새싹 채소로 둘러 주어 얼핏 보면 연어회 같은 비주얼이 완성된다. 회 한 접시 마련한 것 같은 뿌듯함이 밀려온다.

변신3

유부의 배를 갈라 달걀흰자와 노른자를 나누어 넣고 이쑤시개로 유부의 입구를 잘 여며 세워 둔다. 다시마 육수에 익혀 반으로 잘라 준다. 노른자를 깨뜨리지 않고 잘 넣는 것이 관건이다. 쿠킹 클래스에서 배운 것인데 노른자만 이용하는 것이 아까워서 내 맘대로 흰자도 넣어 본다. 색이 밋밋할 것 같아 후리카케를 조금 넣어 준다. 정성이 많이 들어가는 것이 함정이나 먹는 사람은 그만큼 즐겁다. 주머니를 채울 재료는 다양할 것 같다.

범죄를 돕는 게 이렇게나 마음이 편할 수가 있다니. 특이한 식재료를 찾아 나서는 것이 힘들다면 평범한 식재료를 색다르게 요리해 보는 것을 선택하자. 명백한 유죄가 될수록 성공이다.

나는 당당한 조연배우다!

The proud sidekick

살 빼기 책임지는 요리

어릴 때 <전투>라는 외화가 인기였다. 2차 세계 대전을 배경으로 미군과 독일군이 치열한 전투를 벌이는 내용이다. 열혈 애청자 동생은 지적하곤 했다. "저 독일군은 지난번에 죽었는데 또 살아났어!" 엑스트라급 배우들의 얼굴을 알아보다니 역시 찐 애청자는 달랐다. 장렬히 산화했던 병사들은 다음 회에선 씩씩하게 살아서 또다시 허무하게 죽고는 했다. 어쩌면 그 자체가 전쟁의 덧없음, 부조리함을 보여 주는 계산된 장치일 수도… 꿈보다 해몽이라니까.

돼지고기 조림을 만들고 보니 부재료인 애호박이랑 고구마가 더 눈길을 끈다. 환생을 거듭하는 그 옛날 전쟁드라마의 조연들처럼 꾸준히 등장하는 부재료들이 있다. 대파, 양파, 호박, 감자 등등. 혜성과도 같이 나타나 산산이 부서진 주연은 있어도 폭망한 조연들은 본 적이 없는 것 같다. 그들에게는 스포트라이트가 비추어지지 않아서였을까? 제 역할을 해내지 않았다면 우리 눈에 띄기도 전에 연기처럼 사라져 버렸을지도 모른다. 영원히 연기 잘하는 조연으로만 머물 것 같던 이들이 어느 순간 주인공 자리를 꿰차는 기적 같은 순간이 오기도 온다. 요리계의 전설, 알랭 파사르 셰프의 손길로 만년 조연에서 일약 주연으로 떠오른 비트, 순무, 아스파라거스 등등처럼. 고등어보다 맛있는 달콤한 무 한 덩어리, 숟가락질을 멈출 수 없게 만드는 간이 잘 든 호박과 고구마 조각들도 그러하다.

보물창고 같은 어머니의 오래된 벽장에서 세숫대야 크기의 유리 접시를 수확했다. 빈자리가 너무 많아 애호박과 고구마로 채우다 보니 주연이 바뀐 느낌이다. 그러고도 냄비에는 채소들이 더 남아 있으니 이 요리의 정체성은 돼지고기의 도움을 조금 받은 채소 조림이었나 보다. 채소보다는 생선이, 생선보다는 고기가 더 위라는 이 철저한 고기 중심 사고라니!

역시나 보물창고에서 득템한 원형 금속접시에 꼬마 당근들을 가득 담아 보았다. 이 접시는 처음 발견 당시 탁한 잿빛이어서 원래 그런 것인가 했다. 하지만 식기세척기 때목욕 이후 거짓말처럼 반짝반짝하는 것이 아닌가! 세상에 이런 것들이 있겠다 싶다. 무광인 줄로만 알았는데 어느 순간 '심쿵' 유발하며 빛나는 것들. 베이비 당근들은 오늘 아침 밭에서 뽑은 것처럼 생생해 보인다. 사실 새벽 배송을 받은 것이긴 하다. 색동옷 배색을 뽐내는 빨강, 노랑의 파프리카와 오징어 숙채. 지나치게 풍성해서 한 끼에 다 끝내지도 못했지만 이렇게 흥청망청 먹부림을 해도 가정 경제에 큰 타격은 오지 않는다. 이것이 채소 대세 밥상의 부인할 수 없는 매력이기도 하다.

요즘 동계올림픽 중계 보느라 심장에 탈이 날 것 같다. 쇼트트랙 경기가 특히 변수와 돌발상황이 많아 손가락 발가락이 절로 오그라든다. 아예 TV를 끄고 이웃집 응원 소리에 귀를 기울일 때도 있다. 심상치 않은 비명이 들려와 후다닥 켜보니 극적인 추월이 이루어진 참이었다. 출발 레인이 중요하고 스타트가 관건이라지만 엎치락뒤치락하는 반전은 일어난다. 자리 바꿈과 추월, 비교적 조용한 요리 세계에도 있는 것 같다.

햇빛 조명을 받으니 접시며 거기에 담긴 모든 것들이 다 예쁘다. 다들 1등 같다.

빌바오의 추억

Memories of Bilbao

살 빼기 책임지는 요리

꿈을 꾸었다. 대가족을 위한 식사 준비로 분주하다. 잡채 거리도 썰고 떡볶이도 만든다. 시간은 다가오고 막상 완성되는 접시는 없다. 나만 빼고 다들 여유롭다. 오케스트라의 지휘자면서 때 놓치지 않고 심벌즈도 둥둥 울리고 마림바도 경쾌하게 연주해야 하는 고독한 위치에 한숨이 나온다. 결국 괴성을 질러 버리고, 가족들은 나를 괴물 보듯 하며 각자 뒹굴뒹굴하던 자리에서 일어난다. 다음에는 확실한 역할을 정해야겠어, 다짐하는 것으로 꿈은 끝난다. 귀신보다 무서운 압박감, 이런 게 악몽이다. 이여름, 특별히 방학 동안, 나쁜 꿈은 현실이 된다.

더위의 기세가 만만치 않다. 점령군처럼 밀고 들어온다. 나름의 살 방책을 마련해야 한다. 몸보신도 하면서 더위에 잡아먹히지 않을 준비.

검붉은 잎채소 라디치오를 이용한 한 접시를 발명했다. 붉은 한 잎을 밑에 깔고 초록 잎, 슬라이스 치즈, 닭가슴살을 넣고 둘둘 만다. 이쁘게 자른 후 풀림 방지를 위해 꼬치에 꿰어 주면 끝. 디종 머스터드를 살짝 얹는다. 소떡소떡처럼 꼬치째 들고 빼 먹으면 기분이 좋아진다. 속 재료의 조합은 냉장고 사정과 각자의 취향에 맞추면 될 것 같다. 제목을 정해야 하는데 뭐로 하지? 흠… 타파스로 장르를 정하고 '빌바오의 추억'이라고 하자!

한 손은 술을 들어 자유롭지 않을 때 다른 손으로 간편히 먹을 수 있는 음식, 그게 타파스라고 한다. 핀초스라는 것도 있는데 손으로 집어 먹는다는 의미로 핑거푸드와 비슷한 개념이다. 작은 접시에 담겨 있거나 손으로 집어 먹는 간편한 안주라고 보면 될 것 같다.

두 번째 발명품은 바게트 위에 오이와 명란, 검은콩 낫토를 얹은 것이다. 냉동에 지분이 많은 낫토를 야금야금 소비하기 위해 개발했다. 다행히 "이렇게 먹으니 낫토도 괜찮네!"라는 호평을 끌어냈다. '하몬과 멜론' 같은 인기 아이템들 사이에 슬쩍 끼워 넣으면 더 잘 집어 먹게 될지도 모른다. 음주 시 좋은 식재료를 섭취하게 하는 것은 숭고한 배려다. 얼마 전 와인 주문이 필수인 식당에서 탄산수나 생수 대신 헛개차를 내놓는 것을 보았다. 간을 보호하기 위함인가? 음식은 매우 훌륭했다. 식사가 끝날 무렵, 디저트가 가득 담긴 솥단지를 든 셰프가 등장, 일동은 '숨멎' 상태가 되었다. 한 스쿱을 떼어 접시에 놓고 퇴장하자 '흡' 삼켰던 숨을 그제야 내쉬었다. 하긴 그걸 어떻게 다 먹어. 그런데 마음은 왜 그리 허전한 것인지. 초코 무스가 접시에서 사라질 무렵 다시 등장한 그분은, "조금 더 드릴까요?" 한다. 역시 밀당에 능하신 셰프님. 고양이 눈을 하고 수줍게 "네…"라고 대답할밖에. 먹방계에서도 트릭과 밀당은 필요한 것 같다.

오래전 가본 스페인 북부의 아담한 도시 빌바오. 그곳은 티타늄 외관이 독특한 구겐하임 미술관이 유명하다. 쇠락해 가는 오래된 공업도시였는데 새롭게 탈바꿈되었다고 한다. 잘생긴 노숙자 청년이 길바닥에 커다란 책을 펼쳐 놓고 읽고 있던 그곳. 인근이 타파스로 유명한 산 세바스티안이어서 그곳까지 방문했으면 참 좋았을 텐데 지금도 아쉽다. 진하고 풍미 넘치는 느낌에 한참 못 미치는 나의 금욕적인 타파스를 멋진 빌바오에게 바친다. 언젠가는 진정한 타파스를 여한 없이 맛볼 그 날을 꿈꾸며.

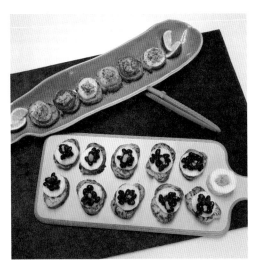

초록 잎채소와 라디치오
위에 동그랗게 파내 오일,
레몬즙으로 버무린 멜론,
수박을 얹는다.

기능성 요리

Functional Cooking

손님 초대

Inviting guests over

~~~~~
데친 새우를 접시에 돌려 담은 후, 비트를 넣은 드레싱을 뿌린다.
중앙에는 절인 오이를 담는다.

기능성 요리

칙칙하던 우리 집이 어느 날부터 반짝이기 시작한다면? 고급 식재료로 냉장고가 '뚠뚠'해진다면? 이것은 확실한 전조현상이다, 곧 귀한 손님들이 들이닥친다는.

손님 초대는 한 가정의 엑스포 같은 행사이다. 먹거리뿐 아니라 집안 단장까지, 신경 쓰이는 게 한둘이 아니다. 꽃 한 다발, 화분 한 개라도 들여놔야 안심이다. 식탁보를 준비하거나 쓰던 매트라도 꼼꼼히 닦아 둔다. 숨은 그림처럼 집 안 어딘가에 잘 붙어 있던 교자상들을 끙끙대고 끌어내기도 한다. 미처 정리 안 된 물건들은 옷장 속으로 밀어 넣거나 다용도실에 감춘다. 산발한 채 돌아다니던 안주인은 때가 되면 얼룩진 앞치마를 벗어던진다. 머리를 추스르고 퀭한 눈가를 감추려고 뭐라도 찍어 바르고는 환한 미소로 손님들을 맞이한다. 무대 뒤 모델들이 정신없이 옷을 갈아입고 언제 그랬냐는 듯 세상 우아하게 워킹을 시작하는 것과 비슷한 풍경이다.

머릿속에서는 하루에도 몇 번씩 메뉴 리스트가 바뀐다. 손님들의 연령대나 취향을 고려하고 자리 배치도 신경을 써야 한다. 이 모든 문제를 피해 갈 좋은 방법이 있긴 하다. 밖에서 만나는 것이다. 하지만 며칠 허리가 아프더라도 감수할 만한 장점이 있기에 아주 가끔은 손님 초대를 감행한다. 집안이 정리되고 묵은 때가 사라지는 부수적 효과도 누릴 수 있다. 손님들은 "집 초대는 정말 오랜만이야!" 하며 반가워하고 때로 놀라기도 한다. 초대했다고 늘 되돌려받는 것은 아니다. 나도 이런저런 이유로 떼어먹은 초대가 한두 번이 아니다. 하지만 어느 날 밀린 빚을 조금이라도 갚게 될 때, 아주 뿌듯하고 마음이 편안해진다.

　누구보다 내가 고생하는, 번거로운 집 초대를 이어가는 것은 프랑스에서 잠시 살았던 영향이 큰 것 같다. 거기도 식당 만남을 갖기는 하지만 집 초대가 훨씬 더 많았다. 한 사람이 떠맡는 손 많이 가는 상차림이 아닌 비교적 간단한 메뉴여서 가능했던 것 같다. 때로는 퇴근하고서야 음식을 준비하는 집도 보았다. 맞벌이가 대부분인 영향이 클 것이다. 남자들도 아주 능숙하게 이런저런 대접을 한다. 남편이 주도적으로 요리를 담당하기도 한다. 윗세대로 올라가면 조금 달랐을 수도 있다. 특별히 기억나는 것은 전날 바닷가 여행지에서 돌아왔다며 직접 잡은 커다란 생선을 보여 준 집이다. 간단한 한 입 거리 등을 먹으며 수다를 떠는 사이 오븐에서 익혀진 생선은 김을 뿜어내며 두둥 등장했다. 그 하나로 충분했다. 요리는 간단해도 디저트에는 공을 들이는 집을 많이 보았다. 직접 만든 것들이 대부분이었다. 할머니나 고모의 레시피라고 하면 무척 멋져 보였다. 어떤 이에 의하면 '부르주아'라고 말하려면 자기 집안 고유의 레시피 하나 정도는 있어야 한다고 한다. 어느 날 아이에게 "우리 집 대표 요리는 무엇인 것 같니?" 물었다. 한참을 생각하더니 "등갈비 김치찜?"이라고 대답한다. 헐! 레시피는 무슨, 온전히 재료에만 의지하는 요리인데… 중산층이 되는 것은 꽤나 어려운 것 같다.

내 집 식탁 수용 인원을 넘기지 않는 조촐한 손님 초대는 시도해 볼 만하다. 특별한 에피소드가 만들어질 수도 있고 관계에 친밀감을 더해 준다. 음식이나 가구, 벽 장식, 사소한 여행 기념품도 얘깃거리가 되어 준다. 실제로 성인 17명을 초대해 본 적이 있는데 17대1로 싸워 이긴 무용담처럼 지금도 믿기지 않는다. "아뵤!" 오래된 고생담은 발효하여 달콤한 추억이 된다.

바게트 위에 아보카도,
삶은 달걀, 치즈, 올리브
등을 얹는다.

# 냉장고

*Fridge*

~~~~~~

구운 항정살을 접시 중앙에 담고, 데친 실파 만 것, 파프리카를 빙 두른다.

기능성 요리

냉장고 속에는 한 세계가 있는 것 같다. 숨어 버려 영영 못 찾는 것들이 있는가 하면 숨겨 놔도 바로 발각되는 것들이 있다. 작으면 작은 대로 살고, 크다고 버겁지도 않다.

김치 냉장고의 등장에 많은 신진 주부들은 갈등했다. 굳이? 하지만 선배 주부들이 앞장서서 장려, 심지어는 강요했다. 심플 라이프의 추구는 이구동성으로 들려오는 감동 후기들을 이길 수 없었다.

이상하다. 냉장고가 비어 가면 쾌감이 느껴지다가 어느 선을 넘으면 불안해진다. 부랴부랴 채워 넣으면 또 답답해지는 이상한 무한 반복. 절대 떨어지는 법이 없이 자리를 지키고 있는 터줏대감들도 있는데 나의 경우는 양파이고, 어떤 이는 감자라고 한다. 냉장고 덕에 우리는 많은 먹거리에서 소금을 얼마간 덜어 낼 수가 있다. 고추장을 비롯한 장류들, 김치도 염도를 낮출 수 있어서 너무 좋다.

식재료의 출신지와 나와의 거리는 '짧을수록 좋다'는 걸 절감한다. 재료의 신선함은 요리하는 손의 부족함을 덮어 준다. 어미의 체온을 간직한 달걀은 갓 구운 빵처럼 고소할 것이다. 인근 바다에서 그물질해 온 생선을 바로 칼질해 내놓는 로컬 횟집들은 맛집이 아니기 어렵다. 내 밭과 내 어장이 없는 우리가 믿을 것은 냉장고뿐. 하지만 전기만 먹는 거대한 쓰레기통이 되지 않게 하려면 민감해야 한다. 곰팡이 핀 음식을 남몰래 버려 본 적 없는 당신은 훌륭한 사람이다. 옷장에 옷이 한가득하더라도 입을 것은 없듯, 가득 찬 냉장고에 나 먹을 것은 없을 때가 많다. 머리를 들이밀고 한참을 탐색해야 한다. 냉장고 앞은 우리의 발길이 가장 자주 머무는 곳이다.

　냉장고가 갈등을 부를 때도 있다. 초년 주부일 때, 시어머니와 냉장고에 넣을 것과 아닌 것에 대한 견해 차이로 사이가 냉랭해졌다는 친구가 있다. 내가 냉장고에 늘 넣고 사용하는 것을 누군가는 아니라고 하면 당연히 언짢아지는 것이다.

　들기름을 냉장고에 넣어야 한다는 것을 나는 오랫동안 몰랐었다. 그래서 나에게 들기름은 늘 맛없고 이상한 냄새가 나는 기피 대상이었다. 각종 향신료도 상하기 쉽다는 말을 들은 이후엔 자주 쓰는 후추 정도 외에는 대부분 냉장고에 넣어 둔다.

　아주 오래전에도 얼음도 만들어 먹고 김치는 맛만 좋았다지만 이제 우리는 냉장고 없으면 큰일이다. 물론 어떤 이들은 환경을 생각하여 냉장고 없는 삶을 선택하기도 한다. 그럴 자신 없는 나는 더운 여름날 정전 소식을 들으면 그 가정들 냉장고부터 걱정이 된다.

　다른 집 걱정할 때가 아니다. 냉장고는 우리 집 심장부나 마찬가지다. 건강한 순환이 이루어지도록 관리해야 한다. '냉파' '냉털'이란 말이 괜히 생겨난 것이 아니다. 먹기 위해 운동하는 것처럼 뚱뚱해지기 위해 냉장고는 계속해서 날씬해져야 한다.

훈제 연어, 달걀, 오이,
토마토, 데친 근대 등에
요거트 드레싱을 곁들인다.

샤인머스캣과 코코넛 크림.

# 배달 음식 못 끊어!

Can't quit delivery food

기능성 요리

남의 나라 사정을 잘 모르긴 해도 배달 음식에 관한 한, 우리는 선진국이 아닐까? 신경 쓸 것은 메뉴 고르기, 쿠폰 챙기기, 이용 후기 확인 정도로 사실 이것도 쉬운 일은 아니다. 조금 소홀히 했다가는 뒤늦게 다른 배달앱의 더 좋은 조건을 발견하여 소화에 장애가 온다. 소소한 어려움을 극복하고 엄마가 좋아하시는 피자를 주문해 드렸을 때 게으른 불효녀는 조금 떳떳해진다.

더운 여름날, 이웃 어르신 두 분을 모시고 녹두삼계탕을 주문했는데 30분 넘게 오지 않았다. 배달앱을 사용한 지 얼마 되지 않았을 때였다. 앱을 확인해 보니 배달은 이미 완료되어 있었다. 뭐지? 대체 어디로? 한 분은 당뇨가 있어 제때 식사를 하셔야 했다. 등에서 땀이 줄줄 흐르기 시작했다. 경비실에서 전화가 왔다. 삼계탕 잘 먹겠노라고. 이건 또 무슨 일인가! 정신을 차려 보니 전에 한번 주문해 드리고 배달지 정보를 바꾸지 않은 모양이다. 아주 태연하게 부족하지는 않으시냐고 묻고는 재빨리 재주문해서 일단락은 되었다. 당뇨 있으신 분은 상 위에 차려둔 물김치 국물을 한 술 떠드시고는 괜찮다고 나를 안심시키셨다. 저혈당 쇼크는 나에게 먼저 올 뻔했다.

사무실이 아닌 가정에서는 배달 음식이 필수가 아닌 선택이어서 더 고뇌가 크다. 혼자 있을 때 가장 손이 근질근질하다. 전문 요리사들이 곳곳에 널려 있는데 기어이 내 손으로 해 먹어야 하나? 유혹이 된다. 자신을 대접하고 싶은 날, 유명 한정식 도시락을 시킨다는 친구의 말이 떠올라 따라 해본 적이 있다. 늘 붐비는 데다 혼자서는 못 가는 집이기에 꽤 좋은 아이디어였다. 하지만 받아 보니 역시 가성비는 떨어진다는 생각에, 다음번 울적한 날을 기약하고 있다.

사실 오늘의 글은 배달 음식의 감동을 이기지 못해 시작했다. 일회용 용기의 압박 때문에 요즘은 많이 자제하고 있는 형편이었다. 혼밥이라 생존을 위한 적정한 양은 채웠는데 채워지지 않는 무언가가 있었다. 늘 최소 주문량이 있어 두 끼는 먹어야 하지만 과감히 주문을 했다. 가족들은 즐기지 않는 아귀찜은 나의 최애 주문 메뉴다. 언젠가 실망스러운 마음에 별점 테러를 주었다가 마음이 약해져 슬며시 점수를 올려 준 곳도 다른 아귀찜 식당이었다. 오늘은 값이 수수한 곳을 찾아 큰 기대를 안 하고 담담하게 맞이했다. 기대가 적으니 실망은커녕 보통은 냉장고에 며칠 숙성시켰다가 조용히 처리하는 반찬도 많이 집어 먹었다.

정말 필요할 때, 채워 주는 무언가에 더 바랄 것이 있을까. 나를 위해서는 잘 작동되지 않는 '요리하는 손'을 누군가가 대신해 주니 얼마나 다행이고 고마운지! 나름 집밥을 주장하며 열심을 내다가 남이 해준 밥에 이렇게 쉽게 무너진다. 머쓱하기도 하지만 오늘의 잔잔한 감동을 지나칠 순 없다. 마음까지도 채워 주는 분들께 진심으로 감사를 표하고 싶다. 누군가는 음식은 자동차를 움직이는 연료 같은 거라고 건조하게 말한다. 그 이상인 것을 가끔 경험하곤 한다. 실은 꽤나 빈번히.

1. 조각낸 아보카도 위에
멜론 올리고, 그릭 요거트나
리코타 치즈를 얹는다.
2. 간장 양념한 닭을 감자,
양배추, 양파 등과 함께 끓여
낸다.

황도의 속을 파내고
그릭 요거트나 크림치즈,
견과류를 채워 자른다.

# 비트를 느껴 봐!

Feel the beet

기능성 요리

색이 잘 묻어나서 손질할 때 조금은 부담스러운 비트, 처음 만난 날을 생생히 기억한다.

오래전 배낭 여행지, 오스트리아 빈에서였다. 슬며시 따라붙은 한인 유학생을 따라 현지 식당에 처음 가보았다. 성악을 전공한다는 건장한 그는 돈가스 슈니첼 집에 우리를 안내했다. 관광 가이드 역할을 해준 그에게는 온전히 하나를 시켜 주고 보통은 마트를 전전하던 친구와 나는 1인분을 나눠 먹었다. 씹는 과정은 건너뛰다시피 고기부터 빠르게 흡입하고 나니 비로소 곁들여 나온 모둠 샐러드가 눈에 들어왔다. 진한 보랏빛 채소가 신기해서 먹어 보니 물컹한 것이 은은한 단맛이 났다.

색감도 식감도 낯설었던 그 채소, 비트는 지금은 마트에서 자주 만난다. 잎도 뿌리도 버릴 것 없는, 피같이 소중한 채소 비트는 무엇보다 색이 도드라진다. 존재감을 뽐내며 도마, 칼, 손가락, 다른 식재료 등등 온갖 곳에 제 흔적을 묻히고 돌아다닌다. 날로 먹으면 흙 맛이 나서 완전 호감은 아니다. 단단해서 손질하려면 귀찮기도 하다. 어릴 때부터 쭉 만나 편한 사이가 아닌, 함께 있으면 재밌지만 잊고도 살 수 있는, 새로 사귄 친구 같은 존재랄까? 냉장고에 있다가 없다가 한다. 철분도 항산화 성분도 많다는 비트는 영양 면에서는 완전 모범생이다. 다만 섭취한 후 화장실에서 잠깐 '허걱' 할 수는 있다. 더 이상의 언급은 안 하는 걸로.

차마 외면할 수 없는 냉장고의 비만 덕에 오늘도 한 접시를 만들어 낸다. 냉동 유부를 뜨거운 물에 담근 후, 적당히 쥐어 물기를 뺀다. 유통기한이 얼마 남지 않은 게맛살을 찢은 후, 잘게 썬 양파피클, 오이, 비트와 섞어 준다. 약간의 식초도 첨가한다. 유부의 좁은 입을 열어 소를 채워 넣는다. 포기하고픈 유혹을 참고 꾹꾹 눌러 담다 보면 어느덧 완성이다. 달지 않은 유부의 포근함과 상큼한 재료들이 조화를 이룬다. 주변을 붉게 물들이는 비트 덕에 색도 곱다. 혼자서는 쓰러지려는 유부들을 한데 모아 서로 기대게 하고 쌉쌀한 루콜라를 둘러 주니 제법 낭만적인 장미 모둠 같다.

얼마 전 본 프랑스 영화 <베르네 부인의 장미정원>이 떠오른다. 어찌 어찌해서 마지 못해 장미를 돌보게 된 비행 청소년 출신 청년이 손수 키운 장미를 부모에게 선물하는 장면이 있었다. 꽃은 피기 전까진 잘 모른다며, 그때까지 잘 돌봐 줘야 한다는 그간의 깨달음을 전하는 청년. 너무 빨리 자식을 포기해 버린 부모에 대한 원망과 미련을 지우고 새 인생을 향해 걸어가는 청년의 발걸음은 가벼워 보였다.

혼자서 잘 자라 나에게 온 비트여, 너를 어찌할까? 냉장고엔 아직 두 덩이의 튼실한 비트가 더 남아 있으니.

비트, 감자, 브로콜리니,
방울토마토, 완두콩,
콜리플라워.

# 핑거푸드

*Finger food*

~~~~~

체더치즈, 페타치즈, 아보카도, 견과류, 토마토, 건 크랜베리, 피망 등을 다져
파프리카 안에 채워 넣는다.

기능성 요리

색색의 미니 파프리카가 냉장고 속에서 말라 가고 있어 마음을 다잡았다. 혼자 먹는 저녁이지만 이왕이면 예쁘게! 소파에 앉아 TV를 보며 먹기 위해서 핑거푸드로 만들어 보았다. 자투리 식재료들을 꾹꾹 눌러 담아 우아한 잔반 처리에 돌입한다.

한 입 거리, 아뮤즈 부쉬 등등 이름은 다르지만 먹기 편한 사이즈로 다양하게 만드는 음식들을 '핑거푸드'라고 칭한다. 손님들을 많이 초대한 자리에 종류별로 세팅하거나 트레이에 담아 돌아다니며 권하면 한결 분위기를 돋우는 역할을 한다. 경험해 보니 서양식 손님 초대에서 우리와 다른 점은 식전용 간단한 한 입 거리와 마실 거리를 준비해 둔다는 것이다. 모든 것이 준비되는 동안 견과류나 올리브 등을 곁들여 음료를 마시며 수다를 떤다.

핑거푸드는 흥겨운 자리에 어울리는 먹거리 형태다. 핑거푸드와 함께라면 테이블 앞에 매이지 않고 자리를 이동해 가며 새로운 사람들과 만날 수 있다. 변주가 가능해서 골라 먹는 재미도 있다. 친구들 초대 자리에 다양한 한 입 거리들로만 준비해 가벼운 술과 함께 곁들이면 분위기 맛집으로 등극할 수 있다. 물론 다 먹고 난 친구들이 "그럼 이제 식사는?"이라는 황당한 질문을 할 위험도 있긴 하다.

체중 관리 중이라면 채소와 고단백 위주로, 자유롭다면 거침 없는 재료 선정이 가능하다. 한입에 쏙 들어가기만 하면 그 어떤 제약도 없다. 투명한 컵에 색을 맞춰 개별로 담아 주거나 늘 성공하는 꼬치 형태라면 인기 폭발이다. 물론 세상에 공짜는 없다. 손이 바쁘다. '다품목, 소량 제작'은 힘이 들지만 먹는 사람은 귀한 대접을 받는 것 같아 행복해질 것이다. 어떤 파티의 여왕은 다양한 핑거푸드로 혼을 빼놓은 후, '엔딩요정' 라면 한 솥단지를 등장시켜 남은 배를 든든히 채워 주기도 한다.

내가 만든 핑거푸드를 나 혼자 먹고 있으니 처량하다. 그래도 정성스럽게 만든 것이라 그 처량함을 조금 감춰 주기는 한다. 집에 잡다한 재료가 조금씩 남아 있고 간만에 손을 좀 풀고 싶다면 핑거푸드를 만들어 보자. 만드는 손이 숙련되지 않아도 가능하다. 센스와 성의만 있다면 의외의 꿀 조합을 만들어 낼 수도 있다. '단짠단짠'도 좋고 모범적인 '탄단지'도 좋고 기분이 꿀꿀할 때는 '단단단'도 뭐랄 사람 없다. 때로 먹기 위해 수고하는 것, 혹은 먹는 것 그 자체가 지겹고 하기 싫은 숙제처럼 느껴질 때, 레고 조립자 시절로 돌아가 이것저것 만들어 보자.

다른 입들은 물론이고 자신을 먹이는 것조차 힘 안 들이고는 불가능하다. 만드는 건 그나마 재미있는데 뒷정리나 설거지가 싫을 수도 있다. 지루하고도 즐거울, 피하기 어려운 노동은 당분간 계속될 텐데 어쩔 것인가. 핑거푸드는 우리를 지쳐 나자빠지게는 할지언정 분명 꼼지락거림의 재미와 확실한 결과물을 안

겨 줄 것이다.

손맛 자신 없는 곰손들 다 모여라!

체더치즈, 페타치즈,
아보카도, 견과류, 토마토,
건 크랜베리, 피망 등을
다져 뻥튀기 위에 올린다.

식탁 위의 경계

Boundaries on the dining table

기능성 요리

집밥은 치밀한 계획에 따르기보다는 형편에 맞추어 급조되기 쉽다. 존재를 잊고 있던 두부와 냉동실 빵조각들이 한꺼번에 불려 나왔다. 마침 이웃이 만들어 준 고추볶음 페스토가 있어 두부에 얹고, 색을 입혀 구운 연근을 빙 둘러 주었다. 빵은 치즈와 짝을 맞추었는데 옆 접시의 두부도 흰 빵처럼 보여 재미있다. 살짝 어색한 조합이지만 결론은 'We are the world!'

우리는 경계에 민감하다. 살벌한 영토분쟁을 짝꿍과 같이 쓰는 책상 위에서 경험한다. 탐색전으로 지우개 정도가 오가던 것이 가방이 날아다니는 피 터지는 전쟁으로 격화되기도 한다. 남자 동급생이 던진 가방에 맞아 코피가 난 적이 있는데 나에 대한 삐뚤어진 애정 때문이 아니었을까 억측해 본다.

매일의 식탁 위에도 때론 보이지 않는 금이 그어진다. 조식의 경우 '밥파'와 '빵파'로 극명하게 갈린다든지 '국물만 좋아파'와 '건더기만 파'가 공생하기도 한다. '채식파'와 '남의 살파'처럼 근원적으로 섞일 수 없는 '다름'도 있다. 전통적 가정에서는 가장의 식성이 식탁을 지배하는 경향이 많았으나 요즘은 자녀의 입맛이 최우선으로 고려되기도 한다. 식탁 위 패권은 시대나 사회상에 따라 달라지는 것 같다. 예전 양반가에서는 웃어른 순서대로 상을 물려서 먹었다지만 우리 집에서는 묘여사님이 가장 먼저 식사를 마치신다.

보통의 주부들처럼 가족들의 밥과 국을 먼저 챙기고 나중에 내 것을 챙기다 보니 의도치 않게 바닥에 깔려있던 고기가 내 차지가 될 때가 있다. 역시 착하게 살면 복이 온다. 저염식만을 제공하는 숙소의 건장한 남자 직원분께 간이 거의 없으니 힘들지 않냐고 물어본 적이 있다. 손님들보다 늦게 먹느라 음식이 졸아 간이 적당해진다는 답이 돌아왔다. 이렇게 저렇게 식탁 위는 공평해지나 보다.

외국에서 오래 살던 지인이 처음으로 또래의 한국인들과 취식을 같이 하게 되었다고 한다. 의외였던 건 외국 음식을 거의 접해 보지 않은 이들이 생각보다 많았다는 것. 꽤 오래전 일이긴 하지만 글로벌하다고 생각하는 음식들도 낯설어하는 것을 보고 적이 놀랐다고. 그럴 수만 있다면 다양한 음식을 접해 보는 것은 다양한 책을 읽는 것만큼이나 좋은 경험이 될 것 같다. 능숙한 외국어 구사만큼이나, 경계 없는 입맛은 우리를 어디에서도 스며들 수 있게 도와줄 것이다.

유럽에서 미국으로 가는 비행기를 탔다가 할랄 푸드가 메뉴에 있어 새로웠던 기억이 난다. 스파게티와 비빔국수의 차이와는 또 다른 차원으로, 방식으로, 우리는 다를 수 있구나 실감했다. 그런가 하면 식성이 제각각인 가족들이 모처럼 푸드 코트에서 '헤쳐 모여!'를 해보니 비슷비슷한 메뉴들을 들고 나타난 재미난 경험도 있다.

우리만 즐긴다고 생각했던 음식들이 먼 나라에서 사랑받고 있으면 신기하고 반갑다. 식탁은 우리가 나뉘고 섞이고 편을 먹었다가 또 혼자가 되기도 하는 기묘한 곳인 듯하다.

브런치

Brunch

〰〰〰

1. 초록 잎채소 위에 주황 멜론, 생햄, 리코타 치즈, 아몬드, 딜 등을 올린다.

2. 구운 옥수수, 반숙 달걀, 방울토마토.

기능성 요리

한때, 젊은 주부들 사이에 '브런치 한번 먹어요'가 남자들의 '술 한번 마십시다'와 비슷했던 적이 있었다. 실행까지 되면 서로 간의 거리를 좁히는 매직처럼 작용하기도 했다. 힘든 육아 이야기, 시댁으로 대표되는 인간관계의 어려움, 각종 교육 정보들이 술 없이도 술술 식탁에 불려 나와 열띤 토론의 주제가 되곤 했다. 팔자 좋은 여자들의 뒷담화 모임으로 폄훼되기도 하지만 돌아보면 그때만큼이나 동료의 지지나 연대가 절실했던 때도 없었다.

일견 화려해 보이는 브런치 메뉴를 꼼꼼히 따져 보면 별것 없이 소박하다. 달걀, 채소, 소시지, 빵, 과일 등등. 그런데 이것들이 한데 모이면 점 찍고 팜므 파탈로 변신한 아내처럼 유혹적이다. 계산서를 받아들면 재료에 비해 후덜덜한 가격에 배신감도 든다. 아내의 유혹에 이은, 뒤통수 딱밤이랄까.

브런치가 많이 발달한 곳은 미국이라고 한다. 한 접시 음식이지만 세세하게 고를 것들이 많다. 달걀만 따져봐도 오믈렛, 스크램블, 반숙, 완숙, 우리는 보통 프라이라고 부르는 써니 사이드 업, 우아하게는 에그 베네딕트 등등이 있고 오믈렛 하나도 속재료를 골라야 할 때가 있다. 지인을 따라 시카고 교외의 브런치 맛집에 가본 적이 있다. 브런치라는 말이 무색하게 아침 일찍부터 가서 줄을 서야 했다. 한참의 고심 끝에 그나마 익숙한 팬케이크를 주문했더니 부침개만 한 크기로 무려 4장이나 나왔다.

어쩌면 8장이었을까? 보는 순간 숨이 막혔으니. 아무도 도와줄 기색이 없어 팬케이크 마니아라도 되는 듯 꾸역꾸역 먹어 치웠던 기억이 난다. 오바마 전 대통령이 다녀갔다는 브런치 맛집에도 가보았다. 비가 오는데도 줄은 꼬리잡기라도 하는 듯 늘어나기만 했다.

토요일마다 호텔 브런치 회동을 갖는다는 부러운 가정 얘기를 들은 적이 있다. 주중에는 정신없이 바빠 가족을 챙기기 어려운 가장의 결정이라지만 물개박수가 절로 나온다! 물론 아이가 어느 정도 자란 경우일 테고 또 다 커버리면 시들해질 한시적 럭셔리 브런치다. 어느덧 은퇴하셨을 센스쟁이 가장분은 지금쯤은 직접 요리를 해주고 계시지 않을까?

삼시 세끼 중 두 끼를 합하는 브런치는 시간 절약형인 듯하면서도 실은 여유가 있을 때 가능한 양면성이 있다. 가정에서는 모두들 느지막이 일어나는 주말에나 가능하다. 굳이 간헐적 단식을 실천하지 않더라도 바쁜 세상사가 견고한 끼니의 경계를 부수어 버린 지 오래다. 밥상머리에서 수도 없이 교육받고 틈틈이 체크 당하는 '세 끼 챙겨 먹기'는 의외로 쉽지 않다. 간당간당 기름 채워 넣듯 여유 없는 두 끼 대신, 한 끼에 몰아 맘 편하게 먹고 싶기도 하다. 늘 먹던 것과 조금 다른 것을, 다른 방식으로 먹고 싶을 때 브런치는 매력적이다. 점심, 저녁보다는 가볍게, 여유로운 환경에서 즐길 수 있다는 것이 우리를 그렇게 열광시

켰나 보다. '올 데이 브런치'라고 써 붙인 식당을 가끔 본다. 웃기기는 하지만 하루의 어느 시간대에도 느긋한 여유와 가벼운 메뉴는 필요할 수 있다. 누구 눈치 볼 것 없이 바나나 팬케이크에 시럽을 듬뿍 끼얹어 먹을 수 있으니 '오후의 브런치'도 괜찮은 생각이다. 또한 모양만 이쁜 한 접시가 부족해서 육개장집에 입가심하러 간들 누가 뭐라 하겠는가.

주황 멜론, 무화과, 오이, 매운 소시지, 아몬드 슬라이스를 한 접시에 담고 그릭 요거트와 시리얼을 곁들인다.

토마토야 춤춰 봐!

Tomato, dance for us

기능성 요리

나는야 쥬스될 거야 (꿀떡)
나는야 케첩될 거야 (찍)
나는야 춤을 출거야 (헤헤)
뽐내는 토마토 (토마토)

어린이들은 잘 아는 <멋쟁이 토마토 송>의 핵심적인 내용이다. 쥬스와 케첩이 되겠다는 당찬 포부가 상당히 웃픈데 춤까지 추겠다니. '통닭 될 거야, 꼬치 될 거야'를 외치는 꼬꼬는 아니어서 그나마 다행이다. 어른이 되어서야 친해지는 토마토에 대한 애정을 강제 주입 하려고 이런 노래를 만든 것일까? 요새는 별별 토마토가 다 있고 알록달록 컬러 방울토마토는 죽은 샐러드도 살려 내는 신통방통 아이템이지만 어린이들에겐 여전히 엄마 추천 채소일 뿐이니까.

발품 팔아 모셔 온 유기농 완숙 토마토로 한 상을 차려 보기로 한다. 속을 긁어내고 양파, 다진 닭 안심을 채워 넣었다. 파낸 속은 올리브오일, 비트, 식초를 섞어 음료로 만드니 제법 알뜰한 사람이 된 것 같다. 멋쟁이 토마토의 자기희생적 소원을 들어준 셈인가? 토마토 한 상의 구색을 맞추고자 병조림 토마토소스를 이용해 파스타도 버무린다. 탄수화물을 멀리하고는 싶은데 어쩐다… 몸에 좋다는 토마토를 들이부었으니 노력한 거라 치자. 토마토의 거룩한 희생을 헛되게 해서는 안 된다.

토마토는 기름에 익혀 먹는 것이 영양 면에서 좋다고 한다. 토마토와 달걀을 프라이팬에 달달 볶는 중국식 간단 요리 '토달볶'은 이상적인 조식 메뉴다. 그래도 토마토의 홈그라운드처럼 느껴지는 나라는 이탈리아다. 성악 공부하러 갔다가 이탈리아 남자와 연애를 더 열심히 하고 온 친구에 의하면 남친네 고향에서는 우리가 장 담그듯이 집집마다 엄청난 양의 토마토소스를 만들어 쟁여 놓는데 비법이 각기 다르고 당연히 맛은 장난이 아니라고 한다. 로마로 배낭여행 갔을 때, 친구는 예쁘다며 쫓아오는 이탈리아 남자들을 조심하라고 했다. 다행인지 불행인지 그런 일은 없었다. 버스 안에서 여권이 없어져 째려보니 자기도 주운 거라며 냉큼 돌려준 어설픈 소매치기는 있었다. 친구의 말은 반은 맞았다. 역시 이탈리아에서는 남자를 조심해야 한다!

기대와는 달리 본토 피자는 꽤나 짰던 기억이 있다. 토마토에는 나트륨을 배출시키는 성분이 있다고 하니 피자와 토마토의 만남은 정말 운명적인 것 같다. 남미에서 유럽으로 건너가 처음에는 배척당한 토마토는 지금은 심지어 해장에도 좋다고 사랑받고 있다. '블러드 메리'라는 토마토 베이스 칵테일은 해장용 술이란다. 술을 술로 풀려는 애주가들의 지혜가 돋보인다.

계절과 크게 상관없이 우리 곁에 머무는 토마토는, 없을 때 존재감이 더 느껴진다. 바질을 사 왔는데 하필 떨어졌을 때라든지, 갑자기 값이 치솟아 햄버거에서 빠졌을 때라든지. 치즈와 패

티만 가득 찬 더블 버거를 손에 소스 묻혀 가며 먹고 있는데 옆
자리 훈남들 테이블에 새빨간 토마토가 넉넉히 들어간 보통 사
이즈 버거가 서빙될 때라든지.

초록 잎채소 위에
새우를 얹고 크러쉬드 페퍼,
올리브로 장식한다.

해외여행 요리

Cuisines over the world

고수 빼 드릴까요?

Shall we skip the cilantro?

해외여행 요리

베트남, 혹은 태국 식당에 가면 종종 이런 질문을 받는다. 개성 있는 향채소 고수는 그만큼 호불호가 갈린다. 열혈지지자들만큼이나 절대 정이 가지 않는다는 분들도 많다. 빈대 냄새가 나서 빈대풀로도 불렸다는데 도무지 빈대 냄새는 짐작이 안 간다. 차라리 비누 냄새라면 모를까.

처음부터 고수 애호가인 경우는 많지 않을 것이다. 나의 경우처럼 소스라치게 싫었다가 서서히 익숙해지고 어느덧 즐기게 되는 것이 아닐까? 지중해 연안이 원산지라니 꽤나 반전이다. 서양 채소라고 생각했던 브로콜리가 실은 중국에서 건너간 것처럼. 실제로 오래전 홍콩의 노천시장에서 지천으로 널린 브로콜리를 만났을 때 (부당하게도) 의아했었다. 마늘 가루처럼 만만히 써볼까 싶어 마트에 진열된 실란트로(cilantro) 한 통을 사봤는데 아쉽게도 향은 잘 느껴지지 않는다. 내 입맛이 변한 것인지 고수가 순해진 것인지 요즘은 생것조차 산더미처럼 넣어야 직성이 풀린다.

쌀국수뿐 아니라 꽤 다양한 동남아 음식들이 사랑받고 있다. 많은 이들이 그 지역을 여행한 경험과 연관이 있을 것이다. 이름도 친숙한 월남쌈은 주부들의 손님 초대 음식으로 자리 잡은 지 오래다. 준비할 땐 수고스럽지만 시각적으로 화려한데다 무엇보다 DIY니까. 분짜, 반쎄오, 쏨땀, 똠양꿍 정도도 이제는 낯설지 않다. 물론 베트남 음식과 태국 음식이 자주 헷갈리기는 한다. 이 와중에 고수도 우리 입맛에 스며들어 한결 친숙해졌다. 내 식탁에 올려 즐길 수 있을 만큼 구매도 어렵지 않다.

알고 보면 고수가 우리에게 꼭 낯선 식재료는 아니라고 한다. 어느 지역에서는 즐겨 먹기도 했다니. 빈대풀이라는 이름이 괜히 있는 것이 아니다. 최고급 한식당에서도 고수 요리를 내놓고 있는 것을 보면 고수를 낯선 것으로만, 동남아 요리의 식재료로만 생각해서는 안 될 것이다.

그런데도 손님 초대 음식에 고수를 소심하게 얹어 놓고 묻지 않을 수 없다. "싫으시면 빼 드릴까요?" 다행히 안 먹을 정도는 아니라는 답을 들었다. 고수의 다른 이름은 '팍치'라고 한다. 앞으론 식당에서 "고수 빼 드릴까요?" 하면 이렇게 말해야겠다. "아니요, 팍치 팍팍!"

전문식당에서 고수를 빼지 말라고, 아니 많이 달라고 말할 때, 왠지 떳떳하다. 나 좀 먹을 줄 아는 사람, 혹은 좀 먹어 본 사람, 이런 얄팍한 자부심 때문인가 보다. 고수들은 고수를 강회로 먹고 전으로도 부쳐 먹고 심지어 케이크까지 만든다고 한다. 진정한 고수 애호가가 되려면 아직 갈 길이 먼 것 같다.

~~~~~~~~~

1. 삶은 녹두 당면 위에 파프리카 조각과 함께 액젓, 식초, 설탕 등으로 새콤달콤하게 무친 오징어를 얹고 고수를 수북이 뿌려 준다.

2. 간장 양념에 졸인 삼겹살과 셀러리, 배추, 느타리버섯을 풍성히 담아낸다.

향신료의 마법

The magic of spices

파에야 시즈닝을 넣어 쌀을 익히다가 새우와 파프리카를 넣어 준다.

어떤 예능프로에서는 요리하다가 맛이 안 나면 몰래 마법의 (수프) 가루를 뿌리는 장면이 나와 웃음을 끌어냈었다. 누구나 이런 마법의 가루 한 줌 정도는 챙겨 두고 있는 것 아닐까?

가끔 파에야를 흉내 내본다. 스페인 발렌시아 지방 음식으로 그곳 사람들은 이 요리에 굉장히 진심이어서 짝퉁들에 대해서는 "아닌 건 아닌 겨!"를 외친다고 한다. 영원히 짝퉁일 노란 해물밥을 집에서 해 먹는 것 정도는 부디 용서해 주시기를.

파에야 하면 사프란이 떠오를 정도로 노란 색감과 독특한 맛이 이 요리의 매력 포인트다. 엄청나게 비싸다는 말에 겁먹어 사프란 대신 (짝퉁답게) 카레 가루를 써왔다. 하지만 얼마 전에 구입한 파에야 시즈닝이 있어 반쯤만 기대하고 넣어 보았다. 발렌시아인이 아닌 내 기준에서는 통과다. 성분이 무엇일까 궁금하여 포장지의 앞뒤를 꼼꼼히 살펴보았지만 사프란 말고는 설명이 없다. 역시 마법의 가루 레시피는 영원히 '비밀'인가 보다.

해물밥과 파에야를 구별되게 해주는 것은 무엇일까? 그건 바로 향신료일 것이다. 음식에 생기를 불어넣고 각기 다른 개성을 입히는 것이 바로 향신료의 역할이므로. 어떤 사람의 출신지를 언어로 추측하듯 우리는 향신료를 통해 음식에도 어떤 권역이나 경계가 있음을 느끼는 것 같다. 한국 요리를 편애하는 어떤이는 바질 가루를 조금만 넣어도 알아채고 싫어했었다. 외국 여행 중 가끔 KOREAN FOOD라고 간판에 크게 써놓은 곳에서 먹어 보면 어쩐지 그 나라 맛이 나는 경우가 많다. 결국은 향신료의 문제가 아닌가 싶다.

향신료 중 으뜸은 후추가 아닐까? 첫 김장 김치 담그기에 투입된 새댁이 너무도 당연하게 후추를 뿌렸다는 고백을 들은 적이 있다. 살짝 웃프기도 하지만 향신료의 중독성을 잘 보여 주는 예인 것 같다. 언제 김치에 후추 한번 뿌려 봐야겠다. '강대강'이 만나면 어떻게 승부가 나는지 궁금하다.

세상에 존재하는 향신료 중 우리는 어느 정도나 섭렵해 보았을까. "접해 보거나 구사할 줄 아는 언어는?"이라고 묻는 것과 비슷할 것 같다. 사실 다른 나라 요리를 할 줄 안다는 것은 향신료의 쓰임새를 안다는 뜻일 것이다. 얼마 전에 유난히 동남아 풍미가 강하다고 느낀 요리가 있었는데 그 주된 원인은 레몬그라스였다. 물론 다른 향신료들도 협력하고 있었겠지만 레몬그라스의 도드라진 맛은 이국적 풍미를 확실하게 책임져 주고 있었다.

불고기를 좋아해서 유리병에 양념을 넣어 선물해 주면 아껴 먹는 프랑스인 친구가 있다. 속으로는 '저거, 몇 가지만 섞으면 되는 아주 쉬운 건데…'라는 안타까운 생각도 든다. 물론 미식가인 그 친구는 내가 답답할 것이다. 쉬운 프랑스 요리 맛도 잘 못 낸다고. 외국어가 늘 어렵듯 요리도 마찬가지. 향신료가 그 어려움의 열쇠가 아닐까 싶다.

유럽인들의 식민지 개척 경쟁의 요인 중 하나였다는 향신료. 너 그렇게 대단한 애였구나!

커리

Curry

해외여행 요리

카레가 아닌 커리, 혹은 까리를 처음 접한 것은 오래전 홍콩에서였다. 세상에나. 뭔지도 모르고 시킨 요리는 샘플러 같았다. 작은 종지에 여러 종류의 커리들이 담겨 있었다. 노란색만이 아닌 다양한 색들이었고 지극히 이국적인 맛이었다. 피해 다니던 당근 덩어리도 친근한 감자 조각도 없었다. '우리 카레가 좋은 것이여!'가 절로 나왔다. 그 와중에 탄두리 화덕에 구운 난과 치킨이 나를 구원해 주었지만.

세계적으로 커리가 알려진 데에는 영국의 역할이 컸다고 한다. 심지어 커리를 넣은 닭요리는 영국인의 소울 푸드라고 할 정도라고. 우리에게 짜장면이 차지하는 위치쯤 되려나. 프랑스에는 쿠스쿠스 같은 아랍 음식이 확고히 자리를 잡고 있고 독일에도 터키 음식의 지분이 상당할 것 같다. 소중한 길거리 간식 붕어빵도 실은 일본에서 왔다고 한다. 우리에게 붕어빵을 남기고 그들은 무엇을 가져갔나? 기무치? 야끼니꾸? 따지는 건 무의미할지도 모른다. 미국 워싱턴의 한 우아한 공터에서 샐러드로 팔리는 김치는 만났을 때 기분이 좋긴 했다. 다만 푸짐한 한 포기가 주는 다이내믹은 제거된 채 차이니즈 캐비지를 종종 썬 절임의 모양새였다. 어디나 있는 눈치 빠른 이들은 곧 소심한 맛에 만족 못 하고 본류의 박력 있는 맛을 찾아 나설지도.

카레가 급호감으로 다가온 것은 치매 예방에 좋다는 건강 정보 때문이다. 익숙한 카레의 노란색은 바로 강황 탓인데 이것이 그 고마운 효과를 가지고 있다는 것이다. 어린이들이나 먹는 카레가 아닌 커리를 즐기는 미식가인 척, 요즘엔 아예 강황 가루를 따로 구비해 마구 뿌려 먹는다.

강황을 덮어쓴 닭가슴살 옆에 얌전히 놓인 조각들은 타고난 옐로우 푸드 땅콩호박이다. 가끔 마트에서 스쳐 가는 정도였으나 요리책에서 본 기억이 있어서 시도해 보았다. 영어로는 버터넛 스쿼시(butternut squash)라고 한다는데 늙은 호박과 단호박의 중간 맛 정도라고 해야 할까? 씨 부분이 적은 것도 매력이다.

노랑 옆의 노랑. 예쁜 애 옆 예쁜 애처럼 사랑스럽다. 노랑은 광기를 상징하기도 한다니 광기 어린 강황의 힘을 빌려 온전한 정신 건강을 기원하는 셈이다.

내가 온전한 '나'이기 위해 노란 마법 가루의 힘이 아주 쪼끔 필요하다.

1. 익힌 땅콩호박 위에,
카레 가루를 입혀 구운
닭가슴살을 얹는다.
2. 초록 잎채소, 콜리플라워,
색색 방울토마토를 드레싱
으로 섞고 치즈 가루를 뿌려
준다.

바게트

Baguette

≈≈≈
바게트를 갈라 버터, 생햄을 끼워 넣고 구운 방울양배추를 곁들인다.

해외여행 요리

맛있는 것들의 속성은 비슷한 것일까? 프랑스의 대표 빵 바게트도 겉은 바사삭, 속은 촉촉, 덤으로 쫄깃하다. 현지 식당에서 바게트 한 바구니를 흡입 중, 테이블 위 부스러기가 쌓여 가면 센스쟁이 서버분이 어디선가 나타나 도구를 이용해 순식간에 처리해 주기도 한다. 고수들은 바게트를 접시 닦는 스펀지로 이용하기도 한다. 싹싹이보다 한 수 위로 소스를 남김없이 흡수하여 입으로 넘겨주는 것이다. 처음에는 어색하기도 하지만 꽤 유용하고도 필연적인 방법이다.

공짜라고는 수돗물밖에 없는 프랑스의 식당에서도 바게트는 거의 기본으로 나온다. 본식 먹기도 전에 배가 차지 않도록 주의해야 한다. 경험상 바게트의 맛은 그 식당 음식 맛과 거의 비례하는 것 같다. 자체 생산하는 것은 아니더라도 맛있는 빵을 알아서 공수해 오는 것도 그 식당의 수준일 거다.

국민 빵인 바게트는 값을 저렴하게 유지한다고 한다. 모든 게 느긋이 시작되는 프랑스에서 아침부터 바쁜 드문 곳이 빵집이고 그래서 일이 고되다. 우리네 동네 떡집과 사정이 비슷하다. 요즘엔 이주 외국인들이 바게트를 만드는 비율이 높아진다고 한다.

한동안 앙버터가 휩쓸더니 요즘엔 장봉(햄) 뵈르(버터)가 자리를 잡았다. 미식가들 사이에서 거론되는 샤퀴테리 전문식당들은 하나같이 성업 중이다. 덩달아 장봉 뵈르도 줄 서서 사먹는 아이템이 되었다. 나도 망원동에서 비 오는 날 줄을 서본 적이 있다. 파리에서 무심히 집은 장봉 뵈르의 맛에 깜짝 놀란 적이 있던 터라 한국에서도 그 맛을 느껴 보고 싶었다. 하지만 혀를 통해 뇌에 각인된 그 맛을 이길 수는 없는 법! 맛있는 음식들은 모두 추억과 한데 버무려져 있는 것 같다.

퇴근길 프랑스 아빠들이 옆구리에 끼고 있던 길쭉한 막대기 빵. 갓 유학 온 여학생들을 어김없이 살찌게 만들었던 요물. 패션 쪽에서는 SNS상 파리지엔 룩을 완성하는 필수템이라는 바게트는 여전히 핵인싸….

맛있는 바게트 감별법은 무엇일까?
집에 도착하기도 전에 줄어든 바게트, 빙고!

디종 머스터드 드레싱에
버무린 토마토 위에
후무스를 담고 바게트를
꽂아 준다.

하몬 하몬

Jamón jamón

오랜만에 만난 주황 칸탈로프 멜론이 반가워 찰떡궁합 생햄과 짝을 지워 준다. 조각조각 잘라서 얹으니 어쩐지 구운 삼겹살 같다. 우리가 샤퀴테리에 열광하듯 외국인들도 삼겹살의 매력에 빠지면 못 헤어난다지. 불판 위에서 방금 구워 낸 고기를 상추에 싸서 볼이 미어터지게 먹는 터프한 방식은 상상도 못 했을 테니.

이탈리아의 프로슈토, 프랑스의 장봉 크뤼, 스페인의 하몬은 비슷하면서 조금씩 다르다고 한다. 하몬이란 이름이 그중 짧기도 하고 어감이 좋다. 사실 내가 멜론 위에 얹은 것은 비교적 구하기 쉬운 프로슈토다.

한국인인 나도 안 가 본 모란시장에 토끼고기 사러 자주 간다는 프랑스 신사분을 안다. 견디다 못한 몇 명의 상남자들이 모여 집에서 샤퀴테리를 만들어 먹는다고 한다. 전보다는 구입이 쉬워졌다 해도 고향에서 먹던 것과 비길 수는 없을 것이다. 어쩌다 먹어 본 하몬 맛에 반해서 자신만의 하몬 만들기에 뛰어든 초로의 (한국인) 신사분도 계시다. 그분은 선산에 엄청나게 멋진 하몬 하우스를 지으셨다. 외국인 노동자들과 몇 달을 한솥밥 지어 먹으며 완성했다는 그 3층짜리 나무집은 정말 장엄하고 아름답다. 초창기라 하몬이 주렁주렁 걸려 있는 수준은 아니고 내어 준 몇 점도 아직은 돼지고기 육포 맛에 가깝지 않나 싶었지만 조만간 멋진 결과물이 나오리라.

육가공품은 저장의 필요성 때문에 생겼지만 지금은 그 자체의 풍미로 사랑받고 있다. 우리에게도 줄줄이 비엔나소시지나 통조림 햄은 추억의 일부이자 현역으로 맹활약 중이다. 냄비에 쓸어 담고 채소와 국물을 더하면 부대찌개가 되어 숟가락을 바쁘게 만든다. 핫도그 속 소시지는 가히 단팥빵 팥소와 견줄 만하다. 독일을 여행해 본 사람은 통다리 구이인 학센을 한번은 먹어 봤을 것이다. 우리에게도 남부럽지 않은 족발이 있지만 먹기 좋게 편으로 나오니 학센의 그 야성적인 느낌과는 다르다. 프랑스에서는 새끼돼지 발 맛집이 있어서 가보았다. 지배인분이 살짝 주문을 말렸던 이유를 나중에서야 알게 되었다. 돼지 발 모양을 한 흐물흐물한 콜라겐 덩어리 앞에 망연자실 얼빠져 있으니 이럴 줄 알았다는 표정으로 곧 평범한 메뉴로 바꾸어 주었다. 같은 하드코어 요리로는 일종의 대창 요리인 앙두예트란 것도 있다. 프랑스에서는 고유의 맛을 지키고자 일종의 '결사대'까지 결성하여 보존과 맛의 유지에 힘쓰고 있다고 한다. 짐작이 가겠지만 앙두예트는 겨자가 꼭 필요할 만큼 내장 요리 본연의 어려운 맛을 잔뜩 품고 있다. 한국에도 몇 군데서 하는 걸로 아는데 내가 아는 앙두예트 애호가의 입맛을 만족시킬 만큼 난도 높은 곳은 아직 없었다.

머리로는 비건으로 가야지 하면서도, 고기에 진심인 분들과 축적된 음식 문화는 또 그대로 감탄스럽다. 그저 골고루 먹으면서 설탕만 덜 먹으면 되겠지 했다가 찬란한 디저트 세계에는 한

없이 이끌리는 것처럼.

　동네의 너무도 한적한 골목에 하몬집이 있길래 주제넘게 영업을 걱정해 주었다. 옅은 미소와 함께 전국으로 배송되어 위치는 무의미하다는 답이 돌아왔다. 새롭게, 다르게 먹고 싶은 사람들이 많은 듯하다.

1. 멜론 위에 생햄을 얹고 오일을 뿌린 후 라임을 올려준다.
2. 초록 잎채소와 오이를 드레싱에 섞어주고 빵을 곁들인다.

당근 라테 or 라페

Carrot latte or carrottes râpées

~~~~~~
매운 간장 양념에 오징어와 당근, 당근 잎을 볶는다.

해외여행 요리

사람 일은 모른다더니 당근도 마찬가지다. 요즘 여기저기서 주황색을 환하게 뽐내고 있다. 이제는 당근 라페도 영 낯선 이름은 아니다. 나에게는 자주 라테와 헷갈리는 라페. 라페(râpé)는 불어로 '채 썬' 정도의 의미이다. 오일과 식초, 약간의 머스터드에 버무려진 '채 썬' 당근.

당근은 여러 군데 겹치기 출연하고도 주목받지 못했던 조연배우 같다. 잡채, 김밥, 각종 볶음 요리의 붉은 색 담당이 주로 맡는 역할이다. 나는 딱딱한 당근을 써는 것이 귀찮아 산뜻하고 잘 썰리는 붉은 파프리카를 알게 되자 바로 그쪽으로 갈아탔다. 우리 집 냉장고에는 당근이 상주하지 않았던 기간이 꽤 길었다.

토마토 송과 마찬가지로 당근 송도 존재한다. 하지만 토마토 송만 못하게 당근 자체에 관한 노래도 아니다. 당연하지, 대신 '당근!'을 반복하는 후렴구가 포인트이다. 어린이들에게 사랑받지는 못해도 토끼나 말에게는 애착 채소인 줄 알았는데 토끼는 초록 잎을 더 잘 먹고 말도 사과를 더 좋아한다고 한다. 이래저래 당근의 굴욕이다. 어떤 당근케이크 레시피에는 '당근 맛이 많이 나지 않는 것이 장점'이라는 설명이 있을 정도로 당근은 자주 부당한 대우를 받아 왔다.

이제는 바야흐로 당근이 재조명받는 시대가 된 것 아닐까? 다이어트 열풍에 힘입은 것도 같고 화사한 색이나 오독오독 씹히는 맛이 인정받은 것도 같다. 나 역시도 오랫동안 당근을 외면한 것을 참회하며 라페를 잔뜩 만들어 두고 샐러드에 이용한다. 색감이며 식감이며 겉돌기만 한다는 혹평이 무색하게, 당근은 샌드위치에도 김밥에도 듬뿍듬뿍 들어가 존재감을 뽐낸다. 먼 유럽 프랑스에서는 콩나물무침이나 무생채처럼 흔한 당근 라페가 우리에게도 이제 당당히 한 음식으로 인정받고 있다. 알고 보니 러시아 쪽에도 우리가 전파한 당근요리 마르코프차가 있다고 한다. 연해주에서 중앙아시아로 강제로 이주당한 조선인들이 김치가 그리워 당근으로 만들어 먹은 것이 유래가 되었다니 마음이 짠하다.

자기 몸보다 훨씬 풍성한 초록 잎들을 달고 있는 날씬이 당근을 구해서 요리해 보았다. 잎도 먹을 수 있다고 하여 페스토도 만들고 샐러드에도 넣고 접시 위에 올려 초록을 뽐내게 했다. 식탁에서 주연과 조연을 바꾸어 보는 것은 재미있다. 고기나 생선이 아닌 채소들이 주인공인 식탁. 하양 당근, 보라 당근 등 '당근 같지 않은 당근들'도 있다고 하니 당근을 좋아하는 사람이라면 한 접시를 색색의 당근으로 구성해 보아도 재밌을 것 같다. 디저트까지도 가능하니 역시나 당근은 특별한 채소다. 왠지 비타민A가 풍부한 당근을 잔뜩 넣은 케이크라면 죄책감이 덜해진다. 밀가루 대신 귀리나 아몬드 가루를 이용하면 챙겨 먹어야 할 건강식이라고 주장할 수도 있다.

여름이면 당근색 반바지를 즐겨 입는 이가 있어서 놀렸는데, 어느 날 나도 (모르게) 당근 바지를 사고 말았다. 당근색은 어디서나 주변을 환하게 해주어 사진을 찍으면 무척 돋보인다는 사실을 깨달았기 때문이다.

나 좋아하니 (당근) 나 사랑하니 (당근)!
당근과 우리는 제법 많이 친해졌다.

1. 간장 양념에 무, 갈치, 당근을 넣어 졸인다.
2. 살짝 간한 고구마 순을 익히고 볶은 돼지고기를 얹는다.

아몬드 가루를 섞어 만든 당근케이크.

달걀

Egg

해외여행 요리

넉넉히 삶은 감자의 뒤처리를 고민하다가 스페인식 달걀찜을 만들어 보았다.

오래전 파리에 살 때 스페인 아가씨가 옆집으로 이사 왔다. 스페인령 카나리 제도 출신으로 북아프리카쯤에 있는 꽤나 먼 곳이라고 했다. 어느 날 카나리에서 날아오신 그녀의 어머니가 감자가 잔뜩 든, 달걀찜과 오믈렛의 중간쯤 되는 음식을 들고 오셨다. 타지에 딸을 보내 놓고 걱정이었는데 알고 지내는 이웃이 있어 좋으신 눈치였다. 스페인식 달걀 요리에는 감자가 듬뿍 들어간다고 설명해 주셨다. 더 이상 이웃이 아니게 된 이후에도 연락은 하고 지냈다. 나쁜 남자 스타일의 남친 때문에 속을 태우던 참한 스페인 아가씨는 다행히 그와 헤어졌다는 반가운 소식을 전하고는 연락이 끊기고 말았다. 감자가 잔뜩 들어가 보기만 해도 든든했던 이국의 달걀 요리. 그때 멋진 한국의 폭탄 달걀찜을 소개해 줬더라면 좋았을 것을.

나에게 좋은 고깃집이란 달걀찜을 기본으로 주는 집이다. 봉긋 솟아오른 자태를 보면 물개박수가 절로 나온다. 회오리 오므라이스도 볼 때마다 신기하다. 만드는 법 동영상을 몇 번이나 보았지만 시도할 엄두가 나지 않는다. 달걀 몇 판을 희생시켜야 가능해질 것인지.

달걀은 제과 제빵 쪽에서도 거의 필수적 재료다. 방판 여사님들의 대활약으로 집집마다 제빵기계가 퍼져나간 시절이 있었다. 한참 재미 붙이신 엄마가 흰자와 노른자를 구분하여 손이 안 보이도록 빠르게 저으라고 명령하셨다. 거품만의 힘으로 빵이 부풀어 오른다는 사실이 참 신기했다. 한동안 인기를 끌었던 수플레 팬케이크도 극강의 거품 파워를 이용한 것이다. 한 번 따라 해보았는데 더는 못할 것 같다.

지금은 우리도 디저트 선진국임이 분명하지만 몇십 년 전 미식 강국 프랑스의 디저트들은 문화충격 수준으로 다가왔다. 우아한 긴 유리잔에 담긴 일 플로탕트(île flottante, 둥둥 떠 있는 섬이라는 뜻) 라는 디저트가 특별히 마음을 사로잡았다. 달콤한 노란 바닐라 달걀물 위에 동그랗게 만든 흰자 거품을 얹어 놓은 모양새였다. 비린내라곤 하나도 없이 고소하고 달콤하기만 한 첫사랑 같은 디저트다.

어릴 적 심한 감기에 걸려 학교도 못 가고 골골대던 시절이 있었다. 의사의 처방은 매일 달걀프라이와 오렌지 주스를 마시라는 것이었다. 지금 생각하니 단백질과 비타민C 섭취를 권장한 것이다. 달걀은 그나마 가능했는데 오렌지 주스는 어쩐지 자주는 못 마신 것 같다.

도시락 반찬 단골 메뉴였던 달걀말이. 레시피가 무한대인 K 치킨. 닭이 먼저인지 달걀이 먼저인지 모르겠다. 그래도 냉장고의 터줏대감인 달걀이야말로 지속 가능한 방식으로 우리를 살찌우고 먹여 살린다는 점에서는 상대적 우위가 아닐까? 세상의 모든 알들 만세!

1. 삶은 감자를 넣은 달걀물 위에 토마토를 얹고 오븐이나 에어프라이어에 익힌다.
2. 훈제 오리를 볶아 마늘 푸레이크를 뿌린 후 익힌 아스파라거스와 함께 낸다.

레몬을 반 갈라 속을 파낸다. 즙과 설탕을 섞어 셔벗으로 만든 후 빈 레몬에 담는다.

꼬꼬와 함께 날기

Flying high with my feathered friend

〜〜〜〜
적포도주, 치킨 스톡에 토막 낸 닭, 당근, 셀러리, 양송이 등을 넣고 푹 익힌다.

일상이 있기에 일탈도 있는 것이지만 너무 얌전한 일상의 반복은 지루하다. 꼬꼬와 함께 잠시만 푸드덕거려 보자.

반짝거리며 잘 깨지는 그릇에 담긴 색다른 음식만으로도 우리 기분은 쉽게 좋아진다. 멀쩡한 집 놔두고 밖에 나가서 커피를 마시고, 달걀프라이와 빵 쪼가리 나오는 브런치, 설탕 과다인 애프터눈 티를 찾아 먹는 것도 그런 이유일 것이다. 곧 시들해지더라도 새로운 맛집 앞에 줄을 서고, 낯선 지역에 갈 때는 웬만하면 맛집 검색을 한다. 먹깨비 한정 요란법석일지라도 나름 검증된 일상탈출 방식이다.

오래되었지만 너무 새것인 뚜껑이 딸린 수피에르(soupière, 국물음식 그릇)에 꼬꼬뱅(coq au vin)이라는 프랑스식 닭요리를 담아 보았다. coq가 닭, vin은 포도주, 즉 포도주 넣은 닭요리가 된다. 유아어로 닭을 꼬꼬라고 부르는데 불어도 살짝 발음이 비슷해서 재미있다.

고백건대 내 요리는 짝퉁이다. 포도주 대신에 맛술과 베리 농축액을 이용했기 때문이다. 잼을 만든답시고 소금을 퍼부은 탓에 탄생한 베리 농축액을 고기 요리에 가끔 넣는다. 몇 번 먹어 본 꼬꼬뱅과 맛이 별반 차이 나지 않는다고 우기는 중이다. 물론 프랑스분에게는 절대 대접하지 않을 생각이지만.

집에 자주 안 쓰는 그릇들이 있다. VVIP 왕림 시에나 불려 나오는 아이들. 적어도 40살은 먹은 수피에르가 새것처럼 반짝이는 이유도 그 때문일 것이다. 영원히 새것일 운명들의 특징은 사용이 불편하거나 설거지가 어렵거나 유지가 까다롭다는 것이다. 비례하여 값은 비싼 것이 대부분이다. 각종 은식기, 얇은 크리스털 잔들, 금장을 두른 고급 도자류 등등. 선물로 받은 은으로 된 병따개는 창백한 아름다움을 뽐내며 서랍에서 깊은 잠을 자고 있다. 내돈내산은 아니지만 차마 남 주기엔 아까운, 필요를 초월한 것들이다.

그릇 부자인 이웃분은 바쁜 아들, 며느리에게 걸었던 희망을 포기하고 냉철한 정리를 계획하고 계신단다. 지혜로운 결단력에 박수를 칠밖에. 나는 아직 희망을 버리지 못하고, 통제와 감시 속에서도 틈틈이 상속분을 늘리는 중이다.

깨지는 뚜껑과 금장이 있어서 손 떨리는 수피에르. 언제 또 사용하게 될까? 포도주를 넣는 소고기 버전의 뵈프 부르기뇽(bœuf bourguignon)이나 채소 듬뿍 포토푀(pot-au-feu) 정도만 겨우 할 줄 아는데… 한식 국물 요리야 무궁무진하지만 가끔만 수피에르를 쓰기에는 역시 프랑스 요리가 낫겠다.

일상 탈출 시도에는 꼬꼬의 맹렬한 날갯짓 정도의 공이 든다. 수피에르와 은식기, 이름은 어렵지만 맛은 꽤 친숙한 꼬꼬뱅과 함께 한 저녁은 잠시 아름답게 낯설었다. 멋을 내려면 부지런해야 한다. 일상의 지분이 많은 것은 한편 다행이다.

1. 초록 잎채소 위에 토마토, 건 블루베리, 시리얼을 올리고 드레싱을 뿌려 준다.
2. 삶은 꼬막 위에 고추 간장 양념을 얹는다.

크레프 접은 것과 딸기.

유혹하는 요리

Seduction Recipes

가난뱅이들의 랍스터

Poor man's lobster

대학 새내기 시절, 주점에서 고갈비라는 메뉴를 처음 보았다. 갈비라니? 소울 푸드라고 말하고 싶지만 너무 뜸하게만 영접하는 바로 그 음식? 그러기엔 가격이 너무 만만했다. 살짝 뛰는 가슴을 진정하며 "이모님, 여기 고갈비 하나요!"를 외쳤다. 짐작 가는 바가 없지는 않았지만 무시하기로 했다. '고씨 성을 가진 갈비, 견문 좁은 새내기는 모르는 특별한 갈비가 세상에는 있지 않을까?' 하는 기대감이 더욱 컸다. 잠시 후, 익숙한 냄새를 풍기며 두둥 등장한 그것은 바로 고등어구이였다. 앗! 그럼 갈치는 갈갈비겠네… 세상은 새내기에게 그렇게 사기를 쳤다.

마트에 갔더니 아귀 꼬리 5개를 한 팩에 담아 팔고 있었다. 랍스터 꼬리도 아닌 아귀 꼬리? 생긴 것도 요사스러운데 값은 왜 또 이리 유혹적이람? 꼬리치는 아귀를 당해낼 재간이 없어 집으로 모셔 왔다. 요리법을 뒤져봐도 별다른 게 없다. 매운 아귀찜, 그건 정말 소울 푸드라 내 손으로 망칠 수는 없다. 흐리멍덩한 맛을 견디지 못한 지인이 고춧가루 팍팍 뿌려 겨우 살려 낸 적도 있다. 시어른들 초대 음식으로 내놨다가 폭삭 망한 사건은 찬란한 흑역사의 첫 페이지를 장식하고 있을 정도다. 역시 이럴 때는 남들 안 하는 방식이 낫다. 침침한 눈을 밝혀 줄 당근을 또 각또각 썰어 접시에 그득 담고 올리브오일을 팍팍 뿌린다. 그 위에 이국적 맛과 색채의 가루들을 흠뻑 뒤집어쓴 아귀 꼬리들을 얹고 오븐에 넣는다. 처음 해보는 실험이라 맘이 두근두근한다. 고소한 단백질 타는 냄새가 나더니 황금색으로 변한 아귀 꼬리가 유혹한다, 빨리 나를 잡숴 봐. 맛은 괜찮다. 주관적인 평가다.

꼬리 3마리를 요리했는데도 여전히 2마리가 남는다. 조각낸 호빅 위로 버터 팅에 앞뒤로 몸 지진 아귀 꼬리를 올려 준다. 레몬을 닮은 노랑 호박은 역시나 사랑스럽다. 그 자체로 단단한 노랑. 신기하고 고맙다. 그 위로 무얼 올려도 다 예쁘다. 그래도 조금 더 돋보이게 하려고 케일로 아귀 조각을 감싸 준다, 태워 먹은 부분도 감출 겸. 찬찬히 뜯어 보니, 뜯어먹다 보니 영락없는 갈비. 고갈비보다도 더 그럴싸한 아귀 갈비! 뼈인지 가시인지가 굵어서 제대로 갈비다. 질경질경 씹게도 되니 갈비 중에서도 소갈비 쪽일 듯하다. 그저 담백한 맛이어서 간이 중요한 아귀는 하얀 도화지의 속성을 닮은 것 같다. 아귀 맛의 '포텐'을 한껏 부풀려 줄 금손이 되어 보자. 딱 기다려, 가난뱅이들의 랍스터!

입가심시켜 줄 상큼한 오이 카나페도 곁들인다. 얇게 자른 삶은 달걀, 게맛살, 비건 마요네즈와 두 가지 색 디종 머스터드가 고명이다. 라즈베리 식초로 새콤달콤함까지 방울방울 입힌 오이 카나페. 오후 햇살을 받아 청순하고 아련하다.

못생겨서 버려졌다던 가난뱅이들의 랍스터, 부담 없는 게맛살. 이런 것들도 정성과 아이디어로 좀 더 고급스럽고 맛있어질 가능성을 보았다. 멋지지 않은가, 우리도 이제 속삭일 수 있다.
살도 안 찌고 값도 저렴한, 듣도 보도 못한 아갈비, 한번 맛보지 않으실래요?

추억의 맛

The taste of nostalgia

유혹하는 요리

오랜 시간이 지나 사람이 세상을 떠나고 사물이 낡아 사라져 아무 것도 남지 않을 때도, 냄새와 맛만은, 마치 영혼처럼 오랫동안 살아 머무른다. 보다 연약하지만, 더욱더 생생하게, 형태는 더 흐려졌어도 더 집요하고 성실하게, 기억하고 기다리고 기대하며 한없이 자그마한 물방울 위에서 추억의 거대한 건물을 단단히 떠받친다.
(마르셀 프루스트의 소설 『잃어버린 시간을 찾아서-스완네 집 쪽으로』의 한 구절, 『나는 프랑스 책벌레와 결혼했다』(이주영 작)에서 발췌)

세계적으로 유명해진 드라마에서 영감을 받아 금손 언니가 집에 있던 낡은 분홍 타올과 검은 양말을 이용, 세상에 하나밖에 없는 인형을 만들어 선물해 주었다. 어떤 행사에 갔더니 예의 드라마로 새삼 핫해진 달고나 한 통씩을 선물로 주기에 냉큼 받아 왔다. 밤을 새우느라 눈이 퀭해지면서도 즐겁게 손바느질을 하게 만들고, 다이어트를 위해 애써 외면해 왔던 추억의 달고나를 실컷 맛보게 해주다니 드라마의 성공이 부른 즐거운 나비효과이다.

인용된 구절을 곰곰이 음미하며 읽어보니 꽤나 공감이 간다. '냄새와 맛은 영혼처럼 오랫동안 살아 머무른다'라는 사실, 누구나 경험한 적이 있을 것이다. 유산을 물려주듯 좋아하는 맛을 자식에 전해 주기도 한다. 나도 즐겨 가던 팥빙수집이나 냉면집에 아이를 데려가 본 적이 있다. 어릴 때 먹던 빙과류나 과자 등이 여전히 팔리고 있는 것도 비슷한 맥락일 것이다. 사물이나 사람에 대한 기억을 잃어 가는 중에도 좋아하는 맛은 오래도록 남아있는 것은 슬프면서도 신기하다.

학교 앞 달고나 집에서 자주 시간과 용돈을 탕진했던 나는 제대로 뽑아본 기억은 거의 없다. 침을 묻혀 봐도 소용없었다. 성공을 위해서라면 영혼은 몰라도 혓바닥 정도는 기꺼이 내놓았을지 모른다. 집에서 남몰래 실력을 갈고닦아 그동안 잃은 자존심과 용돈을 되찾아보려고 했으나 오히려 집에 있던 국자를 태워 먹어 재산상의 피해는 늘어 갔을 뿐이다. 공범인 언니의 기억에 의하면 불 조절에 실패하여 석유곤로의 불이 천장까지 치솟은 적도 있다고 한다. 국자뿐 아니라 집도 태워 먹을 수 있었다! 달콤한 프랑스 과자 마들렌이 '잃어버린 시간'을 되찾게 해주듯, 어린이들이 가장 좋아하는 단맛이 추억의 빗장을 푸는 열쇠가 되는 것은 당연한지도 모른다.

이주영 작가 자신은 어릴 때 할머니가 해주신 배추전을 떠올린다. 어린 입맛에는 밋밋하게 느껴져 별로 좋아하지 않았는데 외국살이를 해보니 그리워지더라는 것이다. 잠깐의 여행에서도 틈틈이 한국 음식을 그리워하는 우리들이니 오죽할까. 영화 <리틀 포레스트>(한국판)에서는 오랜만에 비어 있던 시골집에 돌아온 여주인공이 당장 먹을 것이 없자 언 밭에서 시든 배추를 뽑아와 배추전(적)을 부쳐 먹는다. 어릴 때 먹어 봤으니, 하는 것을 지켜봤으니 가능했을 것이다.

추억의 맛은 힘이 세다. 우리를 먹여 살리기도 한다.

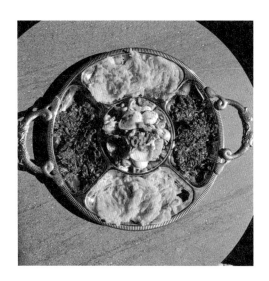

늙은호박전, 적양배추전,
관자구이.

태양을 닮은 요리

Dishes resembling the sun

〜〜〜

반숙 달걀, 견과류, 새싹 채소, 토마토.

유혹하는 요리

늘 사소한 게 문제다. 사소하니 뒷전이다. '다음에 시간 날 때, 마음에 여유가 있을 때… 해결하겠어'가 답 아닌 답이 되고 만다. 나에겐 삶은 달걀 까기가 그렇다. 웃어도 된다.

사실 꽤 최근까지 문제가 하나 더 있었다. 터지지 않게 달걀 삶기. 다행히 이젠 해결이 되었다. 어쩌다 생긴 에그 쿠커 덕분이다. 타이머가 없어서 가끔 혼비백산하긴 한다. 시간을 놓치면 세상 큰일 난 것처럼 달려간다. 급하게 뚜껑을 열다가 뜨거운 김에 손을 델 뻔한 적도 있다. 사소한 문제의 특징 중 하나는 몰입도나 열받음의 강도는 큰 문제와 비등하다는 것이다. 사실 타이머가 있어도 달걀 사이즈가 달라지면 미세하게 익힘 정도가 달라지긴 할 것이다. 깨지지 않은 달걀 확보가 가능해진 이후에는 껍데기 제거가 숙제다. 보통 바로 찬물에 넣지만 시원하고 깔끔하게 까지는 경우는 많지 않다. 무엇이 다른 결과를 낳는 변수인지 여전히 모르겠다. 마음이 급할수록 껍데기 조각 범벅이 된다. 내동댕이치고 싶을 때가 한두 번이 아니다. 스테이크 썰어 주는 것보다 달걀 꼼꼼히 까주는 사랑이 '진짜다'에 한 표! 그 '어려운 걸' 엄마들이 한다.

사소한 문제를 머리에 이고 고민하다 보니 콜럼버스의 달걀이 떠올라 찾아본다. 뭔가 대단히 중요한 발견이었던 것 같은데? 달걀을 세우는 게 문제였나? 달걀 끝을 살짝 깨서 세우는 게 콜럼버스의 해결책이다. 발상 전환의 좋은 예라고 한다. 나라면 궁금하지도 시도하지도 않을 것 같다. 달걀의 익힘이나 껍데기 완벽 제거가 더 중요하므로. 물론 콜럼버스도 달걀을 못 세워 안달이 났던 건 아닐 거다. 사고의 전환이 중요하고, 남들보다 한 발 빠른 것이 관건이라는 걸 강조한 것이다. 살짝 감탄은 되지만 달걀을 훼손하는 건 반칙 아닌가 생각도 잠깐 해본다. 콜럼버스는 달걀을 삶거나 까보지는 않았을 것 같다, 적어도 자주는. 그가 달걀 껍데기 완벽 제거를 그때 고민해 주었더라면 참 좋았을 텐데. 그는 혹시 달걀을 팽이처럼 돌려 봤던 건 아닐까? 앗 죄송합니다.

삶은 달걀흰자의 말캉말캉한 무미함에 질릴 즈음 노른자의 눅진한 안정감을 만나면 기분이 좋아진다. 그래서 흰자와 노른자 중 뭐가 더 좋은지 자문해 보면 아직도 답을 모르겠다. 짜장면과 짬뽕은 둘 다 그 자체로 완결된 맛인데 비해 흰자와 노른자는 둘이 어우러져야 제맛인 것 같다. 어릴 때는 반숙이 싫었지만 지금은 살짝 비린 맛을 즐긴다. 덜 익었을 때 색이 진한 것도 마음에 든다.

운 좋게도 하늘이 도와 알맞게 익은, 덜 익은 노른자가 태양빛을 닮았다. 조각조각 잘라 놓아도 그 붉은 색의 존재감은 줄어들지 않는다. 채소들의 부족한 영양성분을 보완해 주면서 시각적인 아름다움까지 제공하다니 달걀은 사소한 듯, 사소하지 않은 식재료다. 달걀이 사라지면 지상의 먹거리 중 상당수가 사라지거나 훼손될 것 같다.

　열심히 인터넷을 뒤져 찾아낸 달걀 까기 비법을 실험해 본다. 달걀이 산산이 금이 가야 하는데 끄떡도 없다. 얼마 전, 전자레인지를 이용한 떡국떡 뻥튀기를 시도하다가 실패한 것과 비슷하다. 어디서 문제였을까? 껍데기에 흰 살점이 묻어 나는 게 아까워 긁어 먹다가 깨닫는다. 사소한 문제는 역시, 다음에 생각해 보는 게 상책이다.

볶은 브로콜리니, 버섯 모듬에 햄, 방울양배추, 달걀프라이를 곁들인다.

가니쉬

The art of garnish

〰〰〰

메밀국수를 이용한 콩국수, 가지를 돌돌 말아 양념장 뿌린 것, 시금치 무침과 오이.

유혹하는 요리

음식 사진 기록을 시작하며 부쩍 관심을 두게 된 것은, '가니쉬'이다. 우리의 '고명' '곁들임' 등도 비슷한 역할을 하고 있다.

같은 음식도 가니쉬에 따라 느낌이 달라지고, 있는 게 없는 것보다 훨씬 낫다. 떡국의 고기 무침과 김 가루, 갈비탕의 지단, 백김치의 실고추, 칼국수의 볶은 애호박 등을 떠올려 보자. 맛에도 긴밀히 기여하면서 음식에 생동감을 준다. 서양 음식에서는 스테이크의 곁들임 채소들부터 셰프들이 공들이는 섬세한 방식의 가니쉬까지 다양한 쓰임과 활용을 목격하게 된다. 우리의 고명은 아무도 건드리지 않은, 갓 준비한 음식이라는 것을 증명하는 역할을 한다고도 한다.

이런 아무도 건드리지 않은, 갓 준비한 음식은 요즘 카메라가 제일 먼저 차지한다. 조상님들께 올리기 전에는 그림의 떡일 뿐인 제사상처럼, 카메라가 훑고 가야 비로소 손을 댈 수 있다. 기록광들의 베스트 샷을 위해 얌전히 뒤로 물러나 있어야 하는 모든 가련한 분들께 심심한 사죄의 말씀을 올린다. '기다려!'는 견공들만 듣는 명령어가 아니다.

화룡점정이면 좋은데, 때로 가니쉬는 과도하여 빛내 주어야 할 음식을 가리기도 한다. 절제가 어려워 적정선을 찾는 게 늘 어렵다. 지나친 화장, 촌스러운 꾸밈도 사진으로 보면 칙칙한 민낯보다는 나아 보이니 어쩔 수 없다. 이제는 뭔가를 뿌리거나 꾸

미지 않으면 허전할 정도이다.

　사랑하는 것을 버려라! 어떤 작가님의 지론이다. 애착이 가는 소재를 과하게 사용하면 전체의 밸런스나 작품의 질을 망칠 수 있다는 것이다. 과감히 덜어내기. 애정하는 것을 버리기. 실천이 매우 어려운, 곱씹을 만한 말씀이다.

　친정 엄마표 겉절이김치를 먹기 좋게 돌돌 말아 접시에 담는다. 가니쉬는 따로 걱정할 필요가 없다. 이미 김치 안에 있던 초록이들을 건져 살짝 올리기만 하면 되니. 가니쉬는 이런 것이어야 할 것 같다. 따로 놀지 않으며 조화롭고, 맛과 영양에 협력하면서 예쁨까지 줄 수 있는 것.

　'꾸안꾸'는 어려운 과제다. 구절판의 밀전병 사이에 슬쩍 끼워 넣는 잣알들은 얇은 전병들이 서로 달라붙지 않게 하면서 고급스러움과 멋짐도 함께 구현하는 좋은 예다. 하지만 이런 건 너무도 고수의 방법이어서 우리는 자꾸만 쉬운 해결의 유혹을 느끼는가 보다.

　하고 싶은 것을 애써 참아보자. 사랑하는 것을 버리는 게 힘들다면 조금 아껴 보자. 이미 맛 들인 나는, 다음번엔 반드시 실천해 보리라 다짐한다.

My best dish is yet to come!

도마 위의 우주쇼

Cosmic show on the cutting board

〰〰〰

비트로 물들인 초절임 무 조각 안에 깻잎 등의 채소를 넣는다.

닭가슴살, 파프리카, 고추 등을 오이 저민 것으로 말아 준다.

유혹하는 요리

언젠가 선후배 여자들 서넛이 함께 생선조림을 먹은 적이 있다. 생선 대신 빨갛게 색이 잘 들은 큼지막한 무 한 덩이를 접시로 가져가며 선배가 선심 쓰듯 말했다. "나는 무가 더 좋더라." 재빨리 젓가락으로 저지에 나선 나머지는 외쳤다. "우리도 그렇거든요!"

무를 별로 좋아하지 않는 아이에게 나는 자주 이렇게 세뇌를 시도한다. "할아버지는 이렇게 말씀하셨지, 무를 꼭 먹으라고!" 식중독으로 고생하신 적이 있는 아버지는 식단에 무를 빠뜨리지 마라, 식당에 가더라도 무를 꼭 챙겨 먹어야 한다, 당부를 하신다. 다행인지 불행인지 무는 어디에도 있다. 짜장면을, 피자를, 치킨을 시켜도 무는 당연한 듯 따라온다.

생것은 생인 채로, 익힌 것은 익힌 대로 좋다. 우리식 무전도 맛있고, 딤섬 메뉴인 무떡 구이도 별미다. 유명한 곰탕집이나 국밥집 중에는 본 메뉴보다 깍두기로 명성을 날리는 곳들이 있다. 깍두기 때문에 다시 가고 싶을 정도다. 어떤 일본 소설에는 단무지를 만드는 과정이 자세히 묘사되어 꼭 한 번 먹어 보고 싶게 만든다.

판 메밀을 먹을 때도 다진 파와 무즙은 필수다. 처음 먹어 보았을 때의 에피소드가 생각난다. 중학생 때쯤 명동의 한 식당에서였다. 네모난 판 위에 정갈하게 담긴 국수는 양이 너무 적었다. 알려 주는 대로 무즙과 다진 파를 쯔유에 잘 섞은 후, 면발을 조금씩 담가 먹었다. 아무리 아껴 먹어도 국수는 금방 없어졌다. 떨어지지 않는 엉덩이를 일으켜 나오며 일본 음식은 양이 적다 더니 정말 그렇구나, 개탄을 했다. 하지만 한참 후에 알게 된 진실은 2단으로 쌓여 밑에 한 판이 더 있었다는 것! 같이 간 언니는 자기는 다 알고 있었다며 그냥 내가 맛이 없어서 안 먹는 줄로만 알았다고 했지만, 두고두고 수상쩍다.

만능에 가까운 무는 덩치가 크고 무거운 게 유일한 흠인 것 같다. 고깃집에도 자주 나오는 얇은 초절임 무를 이용해 한 접시를 만들어 보았다. 색을 들이면 멋 부림이 가능하다. 무보다는 조금 만만한, 색이 덜 든 비트는 단단해서인지 뜻대로 잘리지 않는다.

울 어매 얇게 빗썰어 놓은
무 한 장
(반칠환, 「낮달」, 『웃음의 힘』 중에서)

내 부엌에도 낮달이 많이 떠 있다. 빗썰린 실패한 무 조각들이다. 보름달, 반달, 초승달이 한꺼번에 떴네! 한번 볼래? 도마 위의 장관, 모양 다른 달들이 일렬로 늘어선 특별한 우주쇼를 보러 오는 이가 아무도 없다. 쩝, 서둘러 어설픈 달들을 주워 먹는다. 달이 달다.

옅은 색 비트를 익혀 접시에
깔아주고 미나리로 맨 편육과
절임 무 조각을 올려 준다.

반찬

Banchan

〰〰〰

표고버섯, 명란젓 넣은 달걀말이, 오이소박이, 배추무침, 시금치, 방울토마토.

유혹하는 요리

K드라마 속 실의에 빠진 여주인공의 자양강장식은? 삼계탕, 갈비찜? No. 답은 눈물로 간을 맞춘 양푼 비빔밥, 기본 3인분. 양푼 비빔밥의 맛이야 의문의 여지가 없다. 딴지 걸고 싶은 것은 냉장고에 늘 갖가지 나물 반찬들이 구비되어 있다는 점. 나는 침을 꿀꺽 삼키며 이렇게 생각한다. 너무 비현실적이야.

반찬 만들기는 쉽지 않다. 씻고 다듬고 익히고 조물조물 무치거나 볶아야 한다. 상당한 시간과 노력이 소요된다. 한번 냉장고에 들어가면 맛이 떨어져서 만든 공이 빛을 잃기도 쉽다. 많은 주부들이 한탄하는 것은 정성껏 반찬을 만들어도 남자들은 고기만 먹는다는 것. 혹은 한번 냉장고에 들어간 반찬은 다음 끼니엔 절대 손대지 않는다는 것. 뭐가 더 나쁜지 우열을 가리기가 힘들다.

밥과 반찬을 만들고 있으면 아이가 현관을 들어서며 이렇게 말한다. "아! 외갓집 냄새다." 우리 집에서는 자주 맡지 못하는가 보다. 나 자신조차 가지가지 반찬이 그리울 땐 고양이처럼 조용히 친정으로 가 살금살금 냉장고를 뒤진다. 선배 주부님들은 집에 밥이 없거나 찬이 끊기거나 하면 큰일 나는 줄 아신다. 집에 찬밥밖에 없어… 하시면 진짜 식은 밥이 아니라 갓 지은 밥이 아니라는 뜻.

손이 많이 가는 것들은 안 그러면 좋으련만, 실제로 맛있다.

구절판 같은 것도 먹어 보기 전에는 여자들 힘들게만 하는 음식이야, 때깔만 곱지, 했는데 먹어 보니 맛이 좋다. 심지어 내가 했는데도 맛있었다. 신선로는 없어서 못 해봤지만, 구절판은 한두번 만들어 본 적이 있다. 정말 까마득한 옛날 무공담 같다. 가끔 정찬을 만드는 일식당에 가면 오밀조밀 작은 그릇들이 몇 개인지 세다가 포기하곤 한다. 가정에서 늘 그렇게 해 먹지는 않겠지만 설거지할 사람들의 노고가 절로 떠오른다. 파리에서 한 가정에 초대받은 적이 있었는데 그 집 부인은 중국계였다. 속으로는 중국식 가정 음식을 먹어 보려나 기대를 했었다. 하지만 아주 심플한 프랑스 요리가 나왔다. 직장에 다니던 부인은 중국 음식은 너무 복잡하고 만들기 힘들다고 토로했다. 같은 고충을 가진 나는 진심으로 동의했다. 물론 제대로 된 프랑스 가정 음식은 우리처럼 준비에 몇 날 며칠이 걸린다고 한다. 어느 나라나 그러기는 할 것이다.

이런 회고담을 들은 적이 있다. 형제가 일곱이나 되던 어린 시절에, 어머니가 남은 반찬을 모두 넣고 쓱싹쓱싹 밥을 비벼 주시면 밥상에서 물러났던 아이들이 다 다시 상에 달려들었다고. 한 숟가락씩 입에 넣어 주시는 밥을 아기 새처럼 잘도 받아먹었다고. 오늘날 우리가 식당에서 디저트로 먹는 볶음밥이 여기서 유래했나 보다.

생각해 보니 양푼 비빔밥으로 심기일전한 여주인공이 언제

나 일에서 성공하고 멋진 연하남까지 만나는 데에는 이유가 있다. 냉장고에 늘 반찬이 있다는 것은 그 집안의 주부가 부지런하고 가족을 사랑하는 마음을 가졌다는 뜻일 것이다.

　냉장고를 열어 보니 채소만 가득하다. 일단 발품은 팔았으니 희망이 아주 없지는 않다.

요리자의 자격

Qualifications of a cook

유혹하는 요리

동네에 가끔 가는 돈가스집이 있다. 지금의 반 가격일 때부터 다녔다. 맛이나 양의 변화도 꿰뚫어 볼 정도다. 얼마 전에도 방문해서 싹싹 긁어 먹었다. 오랜만이기도 했고 배가 몹시 고팠던 사정도 있었다. 어쩌다 보니 며칠 새 세 번째 먹는다는 분도 유난히 맛있게 되었다고 칭찬을 한다. 늘 같은 메뉴를 유지하는 식당에서도 맛이 조금씩 다른가 보다. 만든 이가 유난히 컨디션이 좋았던 탓일까?

코로나 후유증으로 잠시 요리에 어려움을 겪었다는 지인분이 생각난다. 미각 상실 정도는 아니지만 밥맛도 의욕도 없어 맛도 잘 못 내겠다고 토로하셨다. 드라마 속 요리 본좌 장금은 미각 상실을 경험하는 것으로 그려진다. 따뜻한 멘토는 맛을 그려보라는 조언을 한다. 그 경지는 어떤 것일까? 청력을 잃은 악성 베토벤이 불후의 명 교향곡을 만들어 내는 그런 경지? 사실 모두가 조금씩은 미각 상실 모드일 때가 있다. 시간에 쫓기거나 의욕이 없을 때, 혹은 기타의 사정으로 맛을 못 보는 경우가 생긴다. 양치질까지 마쳤는데 갑자기 늦은 저녁을 준비해야 한다면? 아주 소량만을 맛보고 불안해서 먹는 이의 반응을 유심히 지켜보게 된다. 드라마 속 '요린이'들은 본인이 야심 차게 만든 음식의 기괴한 맛에 본인이 더 놀란다. 찡그리며 음식을 뱉어 내거나 숟가락을 내팽개치기도 한다. 보통은 상대방의 (기대와는 다른) 의외의 반응을 접하고는 확인차 맛보는 설정이다. 요리하면서 이미 여러 번 맛을 봤을 텐데 인제 와서? 현실성 없는 드라마 같은 과장이라고 생각했는데 오히려 리얼한 거였다. 대체로 요린 이들은 간을 보지 않는다. 그래야 한다는 생각 자체가 입력되어 있지 않은 것 같다.

생각해 보면 장금님과 우리의 접점이 아주 없는 건 아니다. 맛을 그려 보려는 노력을 할 때가 있다. 처음 시도하는 음식의 경우가 그렇다. 이거랑 이걸 조합하면 괜찮지 않을까? 어울릴 것도 같은데… 얇은 슬라이스 치즈에 당근 라페와 민트잎을 넣어 말아 보거나 라디치오를 익혀 통조림 생선을 싸볼 때… 각각 입력된 맛의 기억을 조합해 가능성을 점치는 것이다. 물론 기대를 저버리는 때도 많다. 익히면 쓴맛이 없어진다던 라디치오는 여전히 쓰다. 고운 붉은 빛은 사라지고 순대처럼 보인다, 어휴.

한 바가지 땀을 절약해 보려고 불을 최대한 안 쓰는 한 입 거리들을 만들어 보았다. 그러나 의외의 결과 발생! 손을 꼬물꼬물 움직이고 이 궁리 저 궁리하고 사진도 찍다 보니 그토록 아끼고 싶었던 땀을 대방출하고 만다. 한 치 앞을 그려 보는 능력은 없었던 것인가.

우리의 관심과 궁금함과 안달은 요리를 향한 열정의 본질이다. 자꾸만 간을 보다가 끝내 짜게 만들고 머리칼을 쥐어뜯게도 만든다. 배가 고파 무언가를 서둘러 만들고, 냉장고의 묵은 짐을 덜기 위해 머리를 짜내고, 음식에도 연지 곤지 찍어 보는 그런 열심. 누군가에게는 영구히 결여되어 있거나 아직 개발되지 않은, 내 안에 충만했다가 사그라지기도 하는 그런 열정. 불현듯 찾아오는 '그분'을 영접하기만 한다면 밀키트와 맞짱 뜰 배짱 정도는 생길 것이다.

생각해 보니 요리자(요리사 아님 주의!)의 자격은 이거면 충분하다. I am still hungry!

상추 잎에 담긴 적양배추와
치즈.

바질페스토에 버무린
방울토마토와 옥수수.

『부엌에서 궁리하기』를 요리책이라고 속단하지 말자. 이 제목은 궁리의 대상이 무엇인지를 밝히지 않는다. 그러니까 부엌에서 어떤 요리를 할까를 궁리하는 것이 아니라, 그저 궁리하고 있을 뿐이다. 굳이 설명하자면 '부엌'보다는 '궁리'가 더 강조되는 단어이고, 궁리의 목적어는 이것저것이다. 다시 말해서 삶에 대한 궁리이다. 요리를 하면서 여러 가지 잡생각이 많을 수 있지만, 궁리는 그런 잡생각이라기보다는 새로운 어떤 것에 관한 생각이다. '사유'라는 거창한 말보다 '궁리'라고 말하는 것은 매일매일에 사사로운 삶을 이리저리 새롭게 기획해 보는 재미있는 놀이의 측면이 있기 때문이다. 물론 부엌에서 요리를 한다. 그런데 궁리하는 공간인 부엌에서 저자가 하는 요리는 반드시 '맛'을 위한 것이라기보다는 맛과 비슷하지만 한 획 다른 것인 '멋'과 관련된다. 그렇다고 '멋진' 요리를 하기 위한 것이라기보다는 요리를 하면서 일상의 지친 삶을 멋진 꽃처럼 피어나게 하는 궁리를 하는 것이다. 이때 저자가 부여하고자 하는 멋은 과하지도 모자라지도 않을 만큼이다. 마치 베이킹을 할 때 허용할 수 있는 적당한 당도를 찾아내는 것처럼, 저자는 삶을 조금 멋스럽게 해주는 적당한 표현을 찾아낸다. 부엌에서 이러저러하게 궁리하는 이 이야기를 독자에게 권하는 것은 저자의 궁리라는 것이 삶이란 행복할 수 있다는 믿음으로부터 시작되기 때문이다. '프랑스' 음식을 이야기의 재료로 간혹 삼고 있는 것도 프랑스 음식이 아마도 행복에 대한 믿음을 자양분으로 삼고 있기 때문일 것이다. 건강을 위해서 '김떡순'에게 저항하지만, 저자는 늘 진다. 저자는 음식 앞에서, 행복한 삶을 위한 욕망 앞에서 기필코 자발적으로 패배를 선택한다. 매일매일의 일상이라는 '쑥과 마늘'의 시간에 '행복'이라는 단백질을 뿌리는 이 몽상가의 부엌으로 독자를 초대한다.

조만수(연극평론가)